KB195720

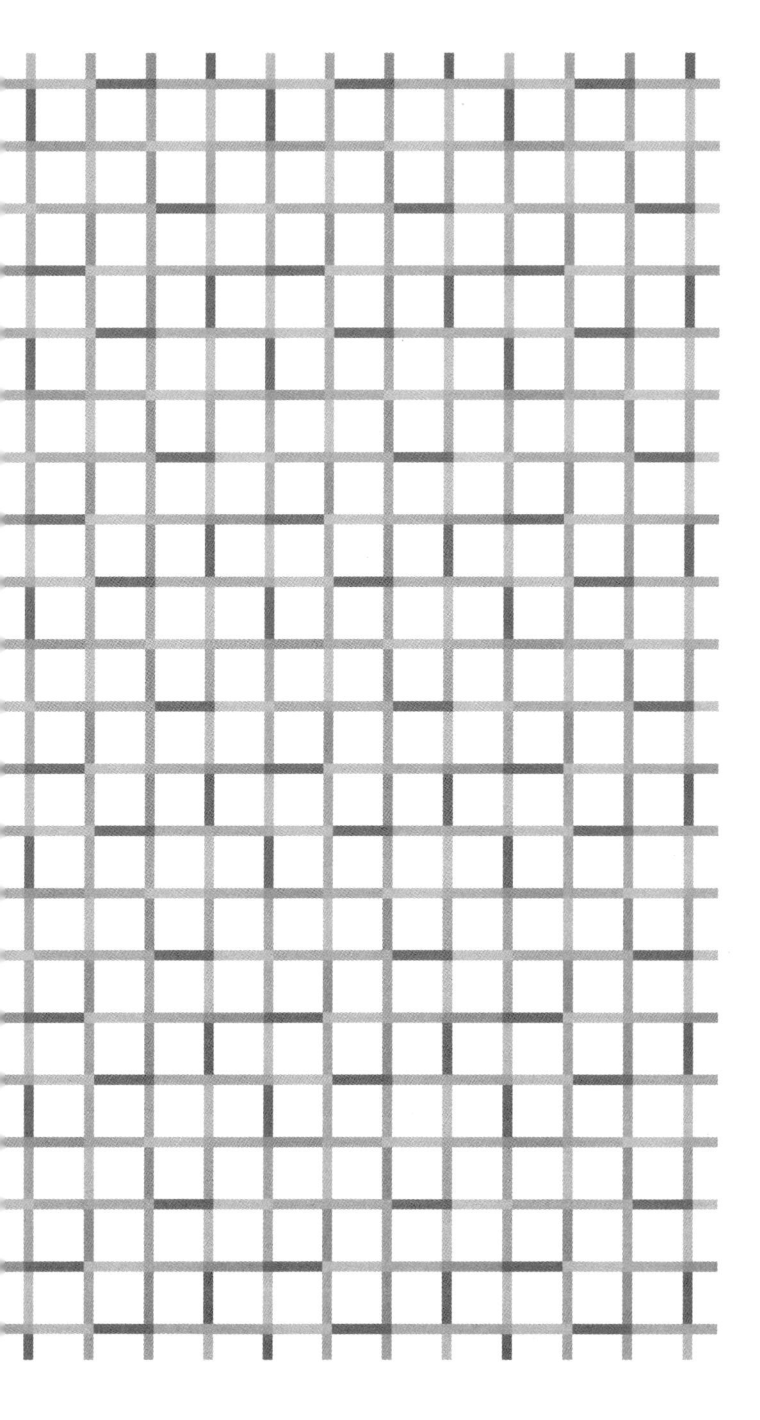

Entanglement 01

봄이 오면 녹는

성혜령 이서수 전하영

차례

나방파리

성혜령

시온의 1주기, 납골당으로 가는 차 안에서 종희 언니는 조수석 차창의 검은 얼룩에서 눈을 떼지 못했다. 언뜻 보면 말라붙은 먼지 같았지만 자세히 보면 더듬이와 날개의 흔적이 있는 날벌레 사체였다. 언니는 시온이가 초등학교에 들어가기 전까지 살던 삼십 년 된 아파트의 화장실을 떠올렸다. 리모델링을 마친 집이었지만 배수구에서는 어쩔 수 없는 냄새가 올라왔고 나방파리가 끊임없이 나왔다. 언니는 샤워할 때마다 벽에 붙어 있는 나방파리를 툭툭 눌러 죽였다. 아무 생각 없이 나방파리가 벽에 앉을 때 재빨리 손끝으로 짓이기고 흐르는 물에 손을 씻었다. 몇 마리나 죽였을까. 그중에는 알을 품고 있거나 갓 태어난 것들도 있었을까. 언니는 신을 생각했다. 무심한 손짓 한 번에 시온이가 죽었을까? 그리고 왜인지 모르겠지만 이대로는 끝낼 수 없다는 생각이 결연히 들었다고 했다. 강도와 빈도가 약해질 수 있을지는 몰라도 죽을 때까지 언니는 시온이를, 시온이의 죽음을 극복할 수 없을 것이고, 시온이를 과거에 두고 앞으로 나아가는 미래도 상상할 수 없었다.

"유일한 방법은……"

언니는 김이 오르는 커피잔을 들여다보면서 말했다.

"시온이와 계속 같이 사는 거야."

그리고 언니는 내게 남양주에 같이 가주겠느냐고 물었다. 거기에 최근에 신내림을 받은 무당이 있는데 특히 귀가 밝기로 유명하다고 했다. 귀가 밝다고? 내가 되묻자 언니는 말했다. 영혼의 목소리를 잘 듣는다는 거야. 언니는 굿 같은 것을 원하는 것은 아니라고 했다. 시끄럽고 요란하지 않게, 시온이와 이야기만 할 수 있으면 된다고, 함께 산다는 것은 생각해보면 지금 우리처럼 이따금씩 만나 서로의 이야기를 나누는 것 아니겠냐고 물었다. 시온이의 온기를 다시는 느낄 수 없다는 생각만 하면 자신의 팔이나 다리가 잘린 것처럼 고통스러웠지만 이렇게 이야기 나누면서 살 수 있다면 괜찮을 것 같다고 언니는 말했다.

"유학 보낸 자식이랑 가끔 연락한다고 생각하면 돼."

언니의 이야기를 듣고 남편은 정신과를 가보라고 대꾸하고 말았다고 했다.

"정말 그렇게 말했어?"

언니의 남편이 그 정도로 무신경한 사람인 것이 믿기지 않아 내가 되묻자 언니는 아니, 그렇게 말할 게 뻔해서 얘기도 안 했어,라고 대답했다.

"혼자 가기 무서웠는데 네가 생각나더라고."

"왜?"

짧게 물었지만 실은 왜 하필 나야?라고 묻고 싶었다. 항상 그랬듯 나라면 이해해줄 것 같아서?

"네가 부조를 제일 많이 했잖아."

언니가 대답했다.

아, 내가 부조를 제일 많이 했겠구나. 나는 고개를 끄덕일 수밖에 없었다.

이 년 전 겨울, 토요일 아침에 시온이의 부고 문자를 받고 나는 마치 이런 일을 기다리고 있던 사람처럼 옷장 깊숙이 넣어둔 검은 정장으로 갈아입고 지갑을 챙겨 곧바로 택시를 불러 탔다. 차창 밖으로 부스러기 같은 눈이 날리고 있었다. 눈이 유리에 붙었다 녹아내리는 모습을 한동안 보고 있다가 내가 외투를 입지 않았다는 것을 깨달았다. 한 벌뿐인 정장은 봄가을용이었다. 계절과 시간이 사라진 진공으로 빨려들어간 기분이었다. 마지막으로 시온이를 봤을 때 그 아이가 색이 옅은 머리카락을 풀썩이며 자동차 변신 로봇을 가지고 놀았던 것도, 다시는 언니를 보지 않겠다고 다짐했던 일도 생각하지 않았다. 마른 입술을 뜯어내며 나는 오로지 부조를 얼마 해야 할지 계산했다. 언니의 결혼식에 얼마를 했더라? 경사보다는 조사에 더 많은 돈을 내야 하지 않나? 요새 기본 경조사금 단위가 올랐나? 머릿속에서 의미 없는 숫자만 굴려보다가 장례식장에 도착했다. 현관에 바로 놓인 현금지급기에 카드를 넣고 잔액을 확인했다. 얼마를 뺄지 모르겠으면 얼마를 남길지 생각하면 될 것 같았다. 효과가 있었다. 나는 한 달 치 월급이 들어 있던 비상금 통장에서 몇만 원만 남기고 전부 인출했다. 당분간 주변 사람들에게 슬픈 일도 기쁜 일도 없기를 바라며 탁한 냄새가 떠도는 식장으로 들어갔다.

부조를 가장 많이 한 사람으로서, 언니의 부탁을 거절할 수 없었다. 나는 연차까지 내고 언니와 남양주에 다녀왔다. 지하철로 별내까지 간 뒤 버스를 두 번 갈아타야 했다. 마지막 버스를 기다리던 정류장은 외떨어진 길에 있었고 주변에는 공사 중인 아파트 단지뿐이었다. 내내 별말 없던 언니는 시온이가, 하고 말을 시작했다. 시온이가 학교에서 AI를 현명하게 쓰는 법과 나쁘게 쓰는 법을 배웠는데, 자기를 닮아서 그런지 좋은 이야기보다 나쁜 이야기에 사로잡혔다고 했다.

"AI로 한 사람의 얼굴과 목소리를 똑같이 만들어서 보이스 피싱이나 사기에 활용한다는 내용에 충격을 받았나봐."

언니는 시온이의 얼굴이 보이기라도 하는 듯 귀여워, 하고 웃었다. 시온이는 그날 언니가 퇴근할 때까지 텔레비전도 켜지 않고, 태블릿으로 좋아하는 애니

메이션도 보지 않으며 기다렸다. 기계들이 자기의 목소리나 얼굴을 베껴갈까봐. 언니가 집에 오자 시온이는 언니를 이불 속으로 불러들여 속삭였다. 자기 얼굴이나 목소리로 돈을 보내달라고 하면 서로가 진짜인지 확인할 수 있는 암호를 만들자고.

"이렇게 쓰일 줄은 몰랐지만. 지금 찾아간 곳에서 시온이가 맞는지 확인해주지 않으면 바로 나와버릴 거야."

언니는 정말로 그랬다. 무당이 먼저 말을 하기 전까지 한마디도 하지 않았고 생년월일시를 묻는 말에 대답하지도 않았다. 자기의 과거도 미래도 관심 없었고, 오직 시온이에 대한 이야기만 듣고 싶어 했다. 억울한 혼령이 보인다든가 비명횡사한 가족이 절규하고 있다든가 하는 이야기에도 동요하지 않고 언니는 물을 뿐이었다.

"시온이 책상 네 번째 서랍에는 뭐가 들어 있지?"

무당은 언니에게 호통을 쳤다. 자기를 시험하지 말라고. 신은 기다리는 자에게 간다고. 나는 움츠러들었지만 언니는 당당하게 나왔고 포기하지도 않았다. 그

다음에는 대전, 그리고 인천으로 갔다. 예약을 받지 않는 곳들이어서 새벽부터 줄을 서서 들어갔는데, 누구도 언니의 질문에 답을 하지 못했다. 한동안 잠잠하던 언니가 무엇이든 벚꽃처럼 끝나버릴 것 같은 4월에 종로에 가자고 했다.

"종로?"

왜 하필 종로야,라는 물음을 삼키며 나는 바보같이 또 되묻지 않을 수 없었다.

"이번엔 진짜야."

언니는 내 물음과 가장 먼 답을 내놓았다.

○ ○ ○

언니와 처음 만난 곳이 종로였다. 청계천 근처, 엘리베이터도 없는 벽돌 건물 6층의 편입학원에서였다. 청계천 복개 공사가 한창이던 늦여름이었고, 고가 다리 철거 현장에서 나오는 소음과 먼지 때문에 강의실 창문을 열 수 없었다. 강의실에는 벽에 달린 선풍기가 전부였는데 그마저 병든 닭처럼 목이 힘없이 꺾인 채

회전도 제대로 하지 못했다. 언니와 나는 저녁 7시부터 시작되는 강의에 자주 지각했고 늘 뒷자리에 앉았다. 나는 휴학을 앞두고 여름방학 내내 밤새 연쇄살인마가 나오는 미드를 몰아 보느라 오후에 일어났으므로 저녁반에 올 수밖에 없었다. 게다가 편입학원은 전적으로 엄마의 강요에 못 이겨 등록한 터여서 아무런 거리낌 없이 불성실한 자세로 다녔다. 언니는 달랐다. 언니는 수업에 늦게 온 날이면 주인 눈치를 보는 강아지처럼 내내 목을 빼고 강사를 쳐다보고 있다가 쉬는 시간이 되면 바로 쫓아나가 무언가 말하고 고개를 숙이곤 했다. 화장실을 갈 때 들어보면, 오늘은 버스 배차가 평소보다 늦었다, 회사에 지갑을 두고 나와서 다시 가지러 갔다 와야 했다, 줄이 끝도 없이 긴 시위대를 만났다, 같은 말들이었다. 뭘 저렇게까지 할까. 나는 그런 생각을 하며 언니 곁을 지나가곤 했다.

공사의 영향이 있었는지 단지 건물이 너무 낡아서 그랬는지 그 여름에는 유독 정전이 잦았다. 낮에는 매일 최고기온을 경신했고, 밤에는 미처 빠져나가지 못한 열기로 열대야가 지속되었다. 덜덜거리나마 돌아가던 선풍기가 멈추고 강사가 들고 있던 마이크에서 노이즈가 나면서 뚝, 하고 무언가 끊어지는 소리가 났다. 그리고 형광등이 잠깐 깜빡이고 나면 암흑이었다. 순식간에 어둠과 열기가 몰려와 강의실을 가득 채웠다. 강사가 사무실에 확인해본다고 강의실을 나가면 자리를 뜨는 사람도 있었고 휴대폰 불빛으로 교재를 계속 보는 사람도 있었다. 나는, 어둠의 무게를 이기지 못하고 조금씩 아래로 무너졌다. 책상을 끌어안고 숨을 쉬려고 노력했다.

나는 고등학교를 다니는 동안 원인 불명의 두통을 지독하게 앓았다. 목에 전기가 오르는 느낌이 전조였다. 목에 분명 아무것도 걸친 게 없는데도 누군가 내 목을 살짝 조이는 듯한 감각이 느껴지고 곧 머리의 양옆, 앞뒤 할 것 없이 나사를 박고 조이는 듯한 통증이 시작되었다. 더 정확히는, 누군가 내 머리에 올가미를 씌워서 있는 힘껏 당기는 것 같았다. 편두통도 아니었고 경추, 척추, 뇌 MRI와 CT를 전부 찍어도 별다른 이상이 나오지 않았다. 어둡고 막힌 공간에서 두통은 훨씬 자주, 강렬하게 찾아왔다. 독서실도 다니지 못했고 잘 때도 밤새 스탠드를 켜두었다. 나는 항상 피곤하고 초조했다. 두통이 시작되면 진통제를 최대 용량으로 삼키고 견디는 수밖에 없었다. 학교에 있을 때는 책상을 끌어안듯이 붙잡고 엎드려서, 혼자 있을 땐 온몸을 쥐어뜯으면서.

통증은 대학교에 오면서 점차 줄어들었다. 엄마는 물론 의사까지 입시 스트레스가 원인이라고 생각했다. 엄마는 내가 두통 때문에 원래 실력에 훨씬 못 미치는 대학교에, 그것도 취직도 어려운 사회학과에 갔다고 믿었고 심지어 내가 공부하기 싫어서 병을 만들어냈다는 농담까지 했다. 나는 엄마가 그런 말을 할 때면 분노했다. 모욕적이었다. 내 두통은 그렇게 간단한 문제가 아니었다. 누구나 받는 입시 스트레스 정도로 그렇게 끔찍한 고통이 나타날 수는 없었다. 나는 여전히 누군가 나를 향해 올가미를 던질 준비를 하며 잠복하고 있다는 생각을 떨칠 수 없었다. 대학교 기숙사에서도 작은 키홀더용 라이트를 켜둔 채 이불 속에 숨기고 잤다. 그 희미한 빛이 스며든 어둠 속에서만 잠들 수 있었다. 정전이 된 강의실 안에서 나는 익숙한 고통을 예감했다. 어떤 고통은 떠올리는 것만으로 되살아난다. 나는 이마를 책상에 지지듯이 눌렀다. 전에도 책상에 엎드린 채로 이마를 조용히 짓이기며 고통을 견디곤 했다. 서서히 머리로 피가 쏠렸다. 귀가 웅웅거리기 시작했다. 그때 언니가 내게 다가왔다.

"안 가요?"

강의가 취소되고 사람들이 모두 돌아간 후였다. 강의실은 여전히 어둡고 더웠다. 언니가 휴대폰 라이트로 스포츠 샌들을 신고 있던 내 맨발을 비췄다. 발끝이 바싹 긴장해 있길래 자는 건 아닌가보다 했어요. 나는 언니와 어두운 건물의 층계를 함께 걸어 내려왔다. 언니의 휴대폰 라이트가 자꾸만 내 발끝을 비췄다.

그날 우리는 함께 정독도서관까지 걸어갔다. 언니가 도서관에 반납할 책이 있다고 했고, 나는 언제나 집에 늦게 들어갈 이유를 찾고 있었으므로 언니를 따라 걸었다. 걷는 동안 우리는 어쩌다 이 여름에 정전이 잦은 오래된 건물에 갇혀 합격 확률도 낮은 편입 준비를 하게 되었는지 서로에게 변명하듯 이야기했다. 나는 내 두통과 엄마의 터무니없는 믿음을 말했다. 지금은 거의 사라졌지만, 여전히 두렵다고도. 만약 어느 날 다시 통증이 시작되고 영영 사라지지 않는다면 나는 평생을 제자리에 못 박힌 채 살 수밖에 없을 거라고도 했다.

두려울 수 있지. 언니는 말했다. 들은 말을 반복하는 건 언니의 말버릇 같은 거였다. 언니는 길이 익숙한 듯 여러 번 방향을 바꾸며 골목을 통과했다. 이쪽으로 가야 경복궁을 끼고 걸을 수 있다고 했다. 언니는 이 근처에서 회사를 다니는데 점심시간에 도서관에 자주 간다고 했다. 책을 빌릴 때도 있었지만 보통은 도서관 매점에서 산 김밥이나 샌드위치를 등나무가 우거진 벤치에 앉아서 먹으며 시간을 보냈다. 거기가 편의점보다 조금 더 싸고 양이 많다고 했다.

"평일 점심에 도서관에 오는 사람들이 괜히 궁금하더라고요."

언니는 말했다.

"어떤 사람들이 오는데요?"

"성실하고 밝은 사람들이 올 것 같았는데, 다 나랑

비슷하게 지쳐 보이던데?”

언니는 가방을 고쳐 메며 잠시 주위를 둘러봤다. 밤에는 문을 연 가게가 거의 없어서 골목은 적당히 어둡고 한산했다.

“아, 이상하게 자꾸 마주치는 남자가 있는데. 제가 자주 앉는 벤치에 가끔 먼저 앉아 있더라고요. 책을 몇 권씩 옆에 쌓아두고 그 위에 빨간 담뱃갑 하나 올려놓고 있는데, 책 읽는 모습은 한 번도 못 봤어요. 언제지, 지난봄이었나. 꽃가루인지 송진 가루인지 공기가 노랬는데, 그 남자가 그 벤치에 책을 베고 누워 있더라고요. 입에 담배 하나 물고 불 없이 그냥 담배 끝만 씹으면서. 왠지 돌아갈 곳이 없는 사람처럼 보였어요.”

우리는 나무가 우거진 도서관 입구를 올라갔다. 언니는 무인 대출 반납기에 책을 넣었고, 잠시 그 벤치에 앉아보겠느냐고 물었다. 언니가 점심시간에 자주 앉곤 하던 벤치. 나는 당연히 고개를 끄덕였다. 주위는 어두웠고 손에 닿을 듯한 침묵이 사방을 메웠다. 여기는 서울 아닌 것 같네요, 내가 말했다. 저한테는 너무 서울인데, 언니가 답했다.

"제가 지금 다니는 곳이 벌써 세 번째 직장이거든요. 근데 똑같이 박봉에 똑같이 사장이 나쁜 놈이더라고요. 사실 나 뽑아주는 데라 별 기대도 없었지만. 지금대로라면 어디를 가도 마찬가지일 것 같아서 이력서에서 전문대 졸 지우고 멀쩡한 서울 사년제 넣고 싶어서 시작했어요."

나는 언니에게 전공을 물었고 언니는 문예창작이라고 했다.

"소설을 좋아했거든요. 중학교 때 집이 좀 못살고, 심장도 좀 약해서."

그 말을 하면서 언니는 이마를 문질렀다. 나도 덩달아 내 이마를 만져보았다. 아까 책상에 눌린 자국이 아직도 있나 싶어서. 언니는 웃으며 말했다.

"중학교 체육 시간에 제자리멀리뛰기였나, 무슨 도약판 같은 거 밟고 하는 멀리뛰기를 모래판에서 했는데, 푹 고꾸라져버렸거든요. 이마부터 떨어져서 이마에 상처가 자글자글하게 남았어요. 그래서 화장도 일찍 시작했는데……. 쓰러지고 병원 가보니 희귀한 심장혈관 질환이라고 당장 수술해야 한다는데, 그때가 막 IMF 터진 무렵이라 아빠가 다니던 공장이 도산하는 바람에 집에 돈이 없었어요. 어떻게 알았는지 학교랑 지역 무슨 애향 단체며, 그런 곳에서 모금해줘서 겨우 수술비 만들어서 수술하고 한 학기 후에 복학했어요. 그때 엄마가 오랜만에 학교 간다고 스포츠 브랜드 로고가 크게 박혀 있는 가방을 사줬어요. 그걸 메고 갔더니 애들이 수군거리더라고요. 돈 없어서 학교에서 돈 걷어서 수술비 내줬는데 브랜드 가방 메고 다닌다고. 우리가 준 돈으로 산 거 아니냐고. 이미 한 학기 늦어서 친한 애들도 없고, 공부는 어렵고. 어느 날 교과서에 있는 박완서 작가의 소설을 봤는데, 재밌어서 다른 작품도 찾아 읽기 시작했거든요. 그러다 전집을 다 읽었고 대학도 글 쓰는 쪽으로 갔는데, 좋아하는 거랑 잘하는 건 완전히 다른 문제더라고요."

언니는 사실 아직까지 박완서 소설만 읽는다고 했다. 지금 반납한 책도, 벌써 열 번은 넘게 읽은 단편집이었다. 『배반의 여름』.

"어릴 때 아프면 어딘가 좀 망가지게 되나봐요."

언니의 말에 나는 웃을 수밖에 없었다. 그날부터 우리는 늦는 사람의 수업 자료를 챙겨주기 시작했고 쉬는 시간에는 같이 편의점에 다녀왔다. 일 년 후, 나는 모든 시험에 떨어졌고, 언니는 서울에 있는 학교는 아니지만 사년제 대학의 사회복지학과에 붙었다. 내가 다니던 학교와 버스로 삼십 분 거리였다. 언니는 합격 소식을 듣자마자 학교 근처 아르바이트 자리를 알아봤다. 자취도 시작할 예정이라고 했다. 나는 틈만 나면 언니가 일하던 카페에 놀러 갔다. 엄마의 말대로라면 천성이 까다롭고 사람을 지치게 만드는 재주가 있어서 그런지 대학교 와서도 친구가 별로 없었던 내게 언니는 첫 친구였다. 처음이고 전부였다. 언니가 보자고 하면 나는 언제든 괜찮았다. 언니에게는 모든 이야기를 다 할 수 있었다. 아빠가 화가 나면 골프채를 휘두른다는 얘기도, 엄마가 등산 모임에서 다른 남자들의 손을 잡고 다닌다는 얘기도, 나도 아빠의 못된 점만 닮아서 그런지 마음이 상하면 무언가를 꼭 찢거나 부러뜨리거나 깨트려야 한다는 얘기도.

마음이 상할 수 있지. 언니는 테이블을 닦거나 커피

머신에서 스팀을 빼며 말하곤 했다. 그 말이 계속 듣고 싶어서 나는 언니를 만나면 어떤 이야기든 늘어놓았다. 동기 여자애들이 필수 전공 시간에 내게 왜 화장을 안 하는지 물어봤다고, 화장을 해도 별로 달라지지 않을 것 같다고 대답했더니 되게 웃긴 얘기를 들었다는 듯 지나치게 큰 소리로 오래 웃었다고. 어떤 남자애는 쉴 새 없이 랩을 한다고. 빠른 속도로 무언가를 중얼거리는데 계속 연습을 해야 입에 붙는다면서 수업 시간에도 혼자 중얼거린다고. 가끔은 언니도 고개를 저으며, 아 그건 그럴 수가 없다, 말했고 나는 언니에게 그럴 수 없는 일을 만들어줘서 뿌듯하기까지 했다.

시험기간이면 언니는 24시간 독서실을 끊고 밤을 거의 새우면서 공부했다. 일은 계속해야 했으니, 공부할 시간을 내려면 별수 없다고 했다. 나는 언니가 일하는 카페에서 공부를 하다가 카페가 마감하면 함께 독서실로 걸어갔고, 언니가 들어가는 모습을 보고 돌아오곤 했다. 나는 여전히 독서실처럼 어두운 곳은 생각만 해도 숨이 막혔고, 함께 들어가지 못하는 나를 언니는 당연히 이해해줄 거라고 생각했다. 언니는 사회복지 공부가 잘 맞는다고 했다.

"나도 이제는 진짜로 살아봐야지."

언니는 말하곤 했다. 언니에게 진짜로 사는 일이란, 영세 출판사에서 열두 시간씩 일하며 혼자 기획하고 수만 장의 원고를 보면서 사무실 잡무까지 도맡는 삶에서 벗어난다는 뜻이었다. 언니는 나와 다르게 동기들과 금세 친해진 것 같았고 과 행사에도 빠지지 않고 나갔다. 언니와 가장 오래 만나지 못하던 때는 언니가 4학년이 되면서 실습을 나갔을 때였다. 요양원으로 간다고 했는데 하루 여덟 시간씩 일을 하고 보고서도 꼬박꼬박 써야 해서 힘들다고 했다. 그 학기가 끝나가던 무렵에 언니에게 연락이 왔다. 우리 학교 근처 샌드위치 가게에 아르바이트 자리 면접이 있어서 왔다고 했다. 기숙사 퇴사를 앞두고 있던 즘이었는데 나는 퇴사 마지막 날까지 짐을 빼지 않았다. 보통은 시험이 끝나는 대로 기숙사를 떠났으므로 마지막 이삼일은 사람이 거의 없었다. 여러 사람이 살다 빠져나간 건물에 오롯이 있다보면 세상이 망하고 혼자 살아남은 것 같은 기분이 들었다. 나는 빈방들을 돌아다니면서 쓰레기를 수집했다. 사람들이 흘린, 혹은 버리고 간 더러워진 안경닦이나 구겨진 강의 자료, 말라 비틀어진 귤껍질 같은 것들을 골똘히 들여다봤다. 나는 언니에게 이런 것들을 보여주고 싶었다.

기숙사 건물의 현관 앞까지 찾아온 언니의 앞머리가 땀에 젖어 있었다. 내가 살고 있던 호실로 함께 들어오며 방을 구경하겠느냐고 물으니 언니는 잠깐 앉고 싶다고 했다. 우리는 공동 거실의 소파에 나란히 앉았다. 언니에게서 비릿한 땀 냄새가 났다. 언니가 말이 없길래 텔레비전을 켰다. 오디션 프로그램이 나오고 있었다. 한 참가자가 아버지가 쓰러지시는 바람에 좋아하는 노래를 포기하고 일을 해야 했던 사정을 이야기하며 눈물을 흘리고 있었다.

"지겹다."

언니가 텔레비전을 보면서 말했다.

"일영아, 너희 아버지가 공무원이면 부모님 노후 준비는 따로 안 해도 되겠네?"

"부모님 노후? 글쎄, 알아서 하시지 않을까?"

언니는 잠시 텔레비전을 보다가 나를 보지 않고 말을 하기 시작했다.

요양원이 어떤 곳인 줄 아니? 요양원에서 일하는 사람들이 노인을 어떻게 대하는지, 거기 노인들은 또 일하는 사람들을 어떤 취급 하는지?

언니는 요양원에서 사십 년간 단 하루도 공장 문을 닫지 않았다고 자랑하던 할아버지를 만났다고 했다. 자식들은 다 좋은 학교 나오고 장남은 유학도 시켜서 지금 교수가 되어 잘살고 있다던 할아버지는 실제로 찾아오는 가족도 많았다.

"그 할아버지가 내가 뭐 해드릴 때마다 매번 내 손을 꽉 붙잡고 고맙다고 그러더라. 자기는 참 인생에서 이룬 게 많은 사람인데, 말년에도 이렇게 젊은 사람들 도움받으면서 지내는 게 너무 고맙다고."

"가만히 있었어?"

언니는 내 말에 대답하지 않았다. 그리고 혼자 중얼거리듯 이야기를 이어갔다. 그 할아버지가 자꾸 언니에게 고맙다며 뭔가 주고 싶다고, 뭐 필요한 거 없냐고 물어본다고 했다. 졸업하고 일자리가 필요하면 자기 공장에서 경리로 취직시켜주겠다, 돈이 필요하면 자기가 장학금을 주겠다……. 언니는 그 할아버지의 주름진 손이 자기 손을 더듬어 찾을 때마다 다족류의 벌레가 자기를 향해 기어오는 것처럼 징그러웠지만, 참았다. 자기는 참을 수 있는 사람이었다고 언니는 말했다. 그래서 너무 무섭다고 했다. 자기는 이런 일을 견디다 끝날 것 같다고, 학교까지 다시 다니면서 이전과는 다른 삶을 살게 될 것이라고 생각했는데, 앞으로도 별로 달라지지 않을 것 같다고도 했다.

"나 마지막으로 다니던 회사 사장이 맨날 그랬거든. 다 똑같다고. 여기 나가면 다를 것 같냐고. 다른 업계는 또 다를 것 같냐고. 네가 스스로 괴롭게 하는 거라고. 네가 포기하고 적응해야 한다고. 그 말이 너무 싫어서 정말 큰맘 먹고 편입학원 등록하러 간 거였는데, 요새 계속 그 말이 생각난다."

언니가 내게 긴 이야기를 한 것은 청계천 이후 처음이었다. 나도 언니처럼 그럴 수 있지,라고 말해주고 싶었지만 왠지 그 말이 나오지 않았다. 실은 그러면 안 될 것 같은데 왜 가만히 있었냐고 말하고 싶었다.

그 대신 나는 그저, 그랬어?라고 되물었다. 그게 당시에는 내 최선의 응답이었다. 왜 그랬느냐고, 왜 가만히 있었느냐고 물색없이 묻지 않아 다행이라고 생각했다. 텔레비전에서는 사람들이 심사위원들 앞에서 끊임없이 노래를 부르고 갔다. 노래를 마친 한 참가자에게 심사위원이 장난하냐고 물었을 때 언니는 자리에서 일어났다.

그날 이후 언니는 내게 전화를 자주 했다. 아니, 자주가 아니라 매일 했다. 아르바이트를 마치고 가는 길에 꼬박꼬박 내게 전화를 걸어서 그날 있었던 일들을 하나하나 늘어놓기 시작했다. 아침에 일어났을 때 어떤 기분이었는지, 꿈이 기억난다면 어떤 내용이었는지, 기억이 안 난다면, 그나마 남은 잔상이 무엇인지, 그날 날씨가 어땠고, 어떤 옷을 입었고, 가는 길에 버스나 지하철에서 어떤 냄새가 났고, 카페에는 어떤 사람들이 왔다 갔는지……. 그 모든 말을 다 꺼낸 후에야, 언니는 말했다.

"나는 아무래도 이런 일들을 견디다 죽을 것 같아."

하루는 폭우로 언니 집 근처 역이 침수되어 지하철

운행이 중단된 적 있었는데, 언니는 그 비를 뚫고 맨발로 집까지 걸어왔다고 했다. 물살에 휩쓸리지 않으려고 발끝에 힘을 주며 걸어왔더니 발이 무서울 정도로 불어 있었다고. 그날 언니는 새벽 1시에 전화를 걸었다. 여전히 흠뻑 젖은 채로, 이를 딱딱 부딪치면서 말했다.

"나는 아무래도 이러다 죽지도 못할 것 같아."

잠에 취해 있던 나는 무슨 말을 해야 할지 몰랐다. 그랬어? 힘들었겠다. 아니야, 언니. 그런 말은 하지 마. 왜 죽어, 언니가. 왜 죽겠다고 해? 언니, 일을 좀 줄여봐. 아마도 잠결에 내가 했던 말들은 평소와 크게 다르지 않았을 것이다. 언니가 이편의 나를 볼 수 있는 것도 아닌데 혼자 고개를 끄덕이다가 전화가 끊기길 기다렸겠지.

그즈음 나는 내가 언니의 감정 쓰레기통이 아닐까 생각했다. 그 학기에 한국 사회의 이슈를 검색 키워드로 분석하는 수업을 들었는데 선정된 단어 중 하나가 '감정 쓰레기통'이었다. 그 말을 듣는 순간 나는 텅, 텅, 내 속이 비어 있다고 느꼈다. 전화를 받으면 언니는 으레 너는 요새 어떻게 지내? 하고 묻고는 내 모든 말에 예전처럼 그럴 수 있지,라고 대답했지만 전에는 따뜻한 포용이라고 느꼈던 그 말이 이제는 성의 없는 체념처럼 느껴졌다.

그런 전화는 일 년쯤 지속되다 언니가 공무원시험 준비를 한다고 고시원으로 들어가면서 점차 뜸해졌다. 나는 졸업 후 엄마의 권유에 못 이겨 서울에 있는 대학원에 진학했다. 언니는 첫 시험에서 0.5점 차로 떨어진 뒤, 그다음 해 2월에 지방직 사회복지 공무원시험에 합격했다. 나 됐어. 발표일에 언니는 간단히 문자를 보내왔다. 나는 언니의 합격이 진심으로 기뻤고, 어느 정도 뿌듯하기까지 했다. 언니는 전처럼 자주는 아니더라도 고시원에서 종종 내게 전화를 걸어왔고 나는 한 번도 언니의 전화를 피하지 않았으니까. 그 무렵 나는 언니를 위해서라면 기꺼이 감정 쓰레기통이 되어주어야 한다고 생각했다. 사람이 힘들 수도 있지. 힘들 때는 속에 쌓이는 말들을 쏟아내고 싶겠지. 우리는 둘 다 아픔이 무엇인지 아는 사람들이니까. 아무도 들어주지 않는 게 얼마나 끔찍한 일인지도.

언니에게 축하한다는 메시지를 보내자 언니는 다음 주 주말에 뭘 하는지 물었다. 나는 대학원을 수료하고 본격적으로 졸업논문 준비를 시작하기 전에 짧게 홍콩으로 여행을 다녀올 계획이었다. 대학원이 작은 예술극장과 가까웠는데 왕가위 특별전이 열려서 어쩌다 왕가위의 거의 모든 영화를 보게 되었다. 「화양연화」 빼고는 다 알맹이는 없고 분위기만 내는 영화라고 생각했으면서도 홍콩에 가보고 싶어졌다. 언니는 내게 부럽다고, 자기도 왕가위 영화를 좋아한다고 말했다. 같이 갈래? 내 물음에 언니는 십 분간 답이 없다 메시지를 보내왔다.

—경비가 어떻게 돼?

나는 언니만 괜찮다면 숙소를 같이 써도 되니 왕복 비행기 티켓 값과 가서 먹을 식비 정도면 충분할 것 같다고 말했다. 채팅창이 다시 조용해졌다. 한참 후에, 언니는 내가 예약한 시간보다 한 시간 늦게 출발하는 비행기 티켓 예약 문자를 채팅창에 보냈다. 떨린다, 언니의 말에 나는 귀여워, 하고 답했다.

우리는 완차이역 근처 호텔에 짐을 풀고 나왔다. 호텔 앞에서 치파오를 입고 담배를 피우는 노인과 눈이 마주쳤다. 노인의 눈이 크고 벌겠다. 저 할머니, 우리 왜 쳐다보지? 내가 언니에게 묻자 언니는 힐끗 뒤를 돌아보며 말했다. 울고 있네. 울고 있다고? 내가 다시 뒤돌아보려고 하자 언니가 내 팔을 잡아당겼다. 보지 마. 실례야. 우리는 영국인들의 정착지를 볼 수 있는 헤리티지 트레일을 따라 걷기 시작했다. 유럽 같다. 점령지니까 식민지였던 거 아닌가? 우리나라에도 일본인들이 지은 건물이 많이 남아 있나? 그거랑 이건 다르지. 다른가? 그런 얘기를 하던 중에 비가 갑자기 쏟아져서 얇은 옷만 입고 있던 우리는 흠뻑 젖은 채 숙소로 되돌아와야 했다. 젖은 옷을 빨아 말리고 새 옷으로 갈아입고 나니 비가 점점 굵게 내리기 시작했다. 그 비는 홍콩에서 머문 사흘 내내 그치지 않았다. 도시가 통째로 가라앉고 있는 것 같았다. 우리는 계획했던 여행을 포기할 수밖에 없었다. 도로는 하수도가 역류해서 위험했고 빗줄기는 피부에 바늘처럼 꽂혔다.

마지막 날 우리는 짐을 정리하고 침대에 나란히 앉아서 창밖을 봤다. 창밖으로는 여전히 빗속에서 움직이는 노란 택시와 자동차와 오토바이와 홍콩의 도로가 보였다.

"내가 재수가 없어서 그래."

아주 당연한 사실이라는 듯 언니가 말했다. 내가 주제넘게 따라와서, 여행을 망쳤어. 언니, 시험도 합격해놓고 뭐가 재수가 없어. 내가 타박하듯 놀리자 언니는 고개를 저었다. 네가 몰라서 그래. 나는 갑자기 그 말에 약간 심술이 났다.

"언니, 내가 모르면 누가 알아. 내가 그동안 언니 전화만 몇백 통을 받아줬는데."

언니는 멀건 얼굴로 나를 바라봤다.

"일영아, 너는 진짜 몰라. 내가 일하는 카페에서 너는 항상 손님이었잖아. 내가 일하면서 손을 얼마나 데고 베이는지 너는 모르잖아, 그렇지? 네가 너무 모르는 것 같아서 내가 말해주려고 한 거야. 진짜 사는 게 어떤 건지. 네가 겪었다는 그 두통도, 진짜 아니었잖아. CT도 MRI도 다 깨끗했다며. 실제로 아무 이상 없었다며. 너는 진짜 두통이 뭔지 모르는 거야. 나는 아직도 심장혈관이 막히지 말라고 항응고제를 먹어. 몰랐지? 열다섯 살에 심장동맥이 꺼멓게 죽어가서 잘라내고 인공혈관을 삽입했거든. 이런 게 진짜 아픈 거야. 부모님 돈으로 공부만 해서 잘 모르겠지만."

그런 말을 언니는 내 눈을 보며 했다. 나는 침대에서 일어나 그대로 호텔을 나왔다. 비도 아랑곳하지 않고 밖으로 나가 계속 걸었다. 빗줄기에 온몸이 찔렸다. 피가 철철 흐르는 것 같았다. 피부는 식어가는데 속은 끓어올랐다. 자기가 뭘 안다고. 나에 대해서, 내가 어떤 시간을 겪었는지, 뭘 안다고. 내가 그동안 어떤 마음으로 전화를 받아줬는데, 맨날 힘들다는 그 지겨운 얘기를 몇 년을 참고 들어줬는데. 무작정 걷다 보니 갑자기 주위가 조용해졌다. 고가 다리 밑이었다. 사람들이 다리 밑에서 순진한 얼굴로 비가 지나가기를 기다리고 있었다. 붉고 푸른 천막들 아래에 기념품이나 과일을 팔고 있었는데 유일하게 흰 천막이 눈에 들어왔다. 무언가를 파는 곳 같지는 않았지만 나는 그 앞으로 걸어갔다. 살짝 걷힌 천막 안에 머리를 양 갈래로 땋은 백발의 노인이 양손을 무릎 위에 올려놓은 채 가부좌 자세로 눈을 감고 있었다. 불상처럼 고요해 보였다. 옆에 놓인 작은 놋쇠 항아리에서 매캐한 향이 피어올랐다. 내가 천막 안을 기웃 들여다본 순간 할머니는 내가 그 자리에 나타날 줄 알았다는 듯 눈을 뜨고 손짓했다. 컴 히어. 깨끗하고 또렷한 목소리였다. 할머니는 내게 억양이 강한 영어로 말했다.

"유 케임 히어 포 어 리즌."

그리고 내게 평범한 메모지와 펜을 건네며 덧붙였다. 네가 저주하고 싶은 사람의 이름을 여기에 적으라고. 처음에 나는 그 영어 단어를 잘 못 알아들었다. 커스? 할머니는 고개를 끄덕였다. 네임 오브 애니 퍼슨 유 원트 투 시 서퍼. 고통을 받았으면 좋겠는 사람의 이름을 적으라고. 나는 물었다. 이름을 적으면 어떻게 되나요? 할머니는 대답했다. 분명히, 그 사람이 태어난 것을 후회하는 순간이 올 것이라고. 나는 펜을 들었다. 언니, 내가 말했잖아. 나는 무언가 깨트리거나 망가뜨리지 않으면 분이 풀리질 않아. 내가 종이를 건네자 할머니는 한글로 적힌 언니의 이름을 유심히 보면서 내게 말했다. 언젠가, 네가 이 일을 까맣게 잊어버렸을 때, 너는 저주의 효력을 보게 될 것이라고. 그러니 더는 이 사람을 미워하지 말라고. 그리고 내게 꽤 많은 돈을 내라고 했고, 나는 선선히 지갑에 있던 돈을 거의 다 주고 천막을 나왔다. 그리고 나는 정말 잊어버렸다. 언니를 다시는 보지 않겠다고 다짐했던 일도, 그 할머니의 천막과 매캐한 향내와 작은 종이에 끝이 둥근 유성 볼펜으로 언니의 이름을 꾹 눌러 적었던 순간도. 그날의 기억은 흰 천으로 둘둘 말려 버려진 채 방치되고 있었다. 시온이의 부고를 듣기 전까지는.

○ ○ ○

종희 언니가 나를 데려간 곳은 종로3가와 5가 사이 복잡한 골목 어귀에 있는 이발소였다. 가는 길에 도로를 따라 행진하는 시위대를 만났다. 연령대도 성별도 다양한 사람들이 서로 일정한 간격을 지키며 묵묵히 걸었다. 구호도, 외침도, 소곤거림도 없는 적막한 행진이었다. 경찰들이 오히려 요란하게 움직이며 도로 상황을 통제하고 있었다. 어떤 여자가 편의점에서 파는 얼음 컵을 양팔에 잔뜩 안고 달려와 시위대에 하나씩 나눠주었다. 나는 저런 사람이 절대 되지 못할 거야. 그런 생각을 하고 있는데 언니가 갑자기 자기가 담당하고 있는 수급자 중 한 명이 얼마 전에 죽었다는 이야기를 했다.

혼자 아이를 키우는 엄마였는데, 평소에 지원이 충분치 않다고 민원이 잦았다. 재산과 소득 기준에 따라 정해진 양육수당을 아무리 설명해줘도, 자기는 점점 사는 게 힘들어지는데 돈이 왜 적게 들어오는지 이해가 안 된다는 말로 주기적으로 민원을 넣었다. 저출산 시대에 아이를 포기하지 않고 낳아 기르는데, 나라에서 나한테 해줄 게 이것밖에 없냐는 식이었다. 여자가 어떤 때는 노인들보다 고집스럽고 뻔뻔하다고 언니는 생각했다. 여자는 집에서 죽었는데, 아이가 엄마의 시체 옆에서 영어 애니메이션을 보고 있었다고 했다. 여자가 남긴 유서는 없었지만 뜯지 않은 택배 상자에 고급 스포츠 브랜드의 책가방이 들어 있었다. 내년이면 초등학교에 입학하게 될 아이의 가방을 미리 준비한 것 같았다. 여자의 부모가 시신 인수를 거부하여 무연고자 장례로 치렀고, 아이는 임시 위탁 양육 가정에 맡겨졌다. 위탁 양육자가 아이의 집에 있던 옷이며 물건들은 모두 필요 없다고 해서 언니는 그 새 가방도 쓰레기로 분류하고 소각했다.

“엄마를 잃은 아이랑, 아이를 잃은 엄마랑 누가 더 불행할까. 그냥, 갑자기, 그 아이를 내가 키우면 우리가 서로 행복할까 그런 생각이 들더라. 요새 점점 말도 안 되는 생각을 많이 해.”

우리는 시위대가 지나가길 기다렸다 길을 건넜고, 가마솥에서 쏟아져나오는 증기와, 제단처럼 쌓인 진이 다 빨린 소와 돼지 뼈들을 지나 이발소에 도착했다. 이발소의 유리창에는 짙은 녹색 커튼이 쳐져 있었고 간판은 낱자가 몇 개 떨어져나가 ‘ㅣ바ㅅ’로 보였지만 문 옆에 삼색등이 보였다. 가까이서 보니 삼색등이 너무 빠르게 돌아가고 있었다. 영매한테 간다며? 내가 묻자 언니는 고개를 끄덕이더니 거리낌 없이 문을 열었다.

가게 안은 밖에서 짐작했던 것보다 환하고 넓어 보였다. 벽 한 면이 온통 거울이었고, 거울을 둘러싸고 설치된 조명에서 희고 투명한 빛이 사방으로 퍼져나갔다. 화한 세안제 냄새와 물비린내가 조금 났다. 바닥이 미끈거렸다. 미용 의자 두 개가 놓여 있었고 개수대가 언뜻 보이는 가림막 너머에서 흰 가운을 입은 노인이 구부정한 자세로 걸어 나왔다. 노인의 손에서 물이 뚝뚝 흘렀다. 몸집이 작았고 성긴 백발은 포마드를 발라 반듯하게 넘겼다. 눈이 크고 맑아서 막상 얼굴로는 나이를 짐작하기 어려웠다.

"저, 예약했는데요. 임종희."

종희 언니 말에 이발사는 말없이 고개를 끄덕이며 언니를 미용 의자 앞으로 안내했다. 나는 거울 맞은편에 놓인 소파에 앉았다. 소파 위에도 거울이 달려 있어 두 거울이 마주 반사하며 공간을 무한히 확장하고 있었다. 종희 언니 뒤에 선 이발사는 여전히 물이 뚝뚝 떨어지는 손으로 자기 눈을 꾹꾹 누르며 말했다.

"어떻게 해드려요?"

"다듬어만 주세요."

이발사는 언니의 머리에 물을 분무하고 가는 빗으로 빗기 시작했다. 한참 언니의 머리를 말없이 빗다가 이발사는 언니의 정수리를 잠시 들여다보았다. 그리고 이렇게 말했다.

"밝은 아이였네요."

이발사는 다시 언니의 머리를 능숙하게 만지다가 집게를 꽂아넣으며 또 말했다.

"기운이 아주 좋아. 아이는 미련이 없는데 엄마가 너무 욕심이 많아요."

종희 언니는 무언가 말하려다 입술을 깨물며 입을 닫았다.

"아이가 뭘 보여주는데 잠시만요."

이발사는 손을 쉬지 않고 움직였고 가위와 빗을 능숙하게 바꿔가며 머리를 잘랐다. 언니의 긴 머리가 바닥에 그새 수북하게 쌓여갔다.

"이게 뭘까요? 희고 가느다랗고 털인 것 같긴 한데…… 뻣뻣하고. 이게, 하나, 둘, 셋, 넷…… 여섯 개 들어 있네요?"

종희 언니의 눈에서 순식간에 눈물이 고였다 바닥

으로 뚝 떨어졌다. 수도관에서 물이 새는 것처럼. 언니는 얼굴을 찡그리지도 않았고 흐느끼지도 않았다. 그저 하얗게 질린 얼굴로 말했다.

"수염……. 같이 살던 고양이 수염이에요."

언니의 말에 이발사가 고개를 끄덕였다.

"아, 가을이가 고양이군요? 지금 가을이를 쓰다듬고 있다네요. 가을이가 여전히 귀밑을 만지면 목을 길게 빼고 꼬리를 바싹 세운다네요."

언니의 어깨가 들썩였다. 이발사는 그런 상황에 익숙한 듯 잠시 물러서서 어깨를 돌렸다. 이발사가 거울 너머로 나를 보고 있는 것이 느껴졌다.

"혼자가 아니시네요?"

이발사의 말에 나는 아무도 안 만난다고 대답했다.

"아니, 형제가 있으시다구요."

"전 외동인데요."

언니가 어느새 눈물을 닦으며 나와 이발사의 대화를 듣고 있었다. 이 사람도 엉터리 같은데, 나는 생각하며 무릎을 쥐었다.

"아주 오래전부터 함께였네. 웬 줄을 서로 머리에

감아주고 놀았다던데?"

줄이라는 말을 듣자 손에서 땀이 나기 시작했다. 그 두통은 정말 굵은 줄을 내 머리에 두르고 꽉 조이는 것 같은 통증이었다. 무릎이 조금 물러지는 것 같은 기분이 들었다.

"아, 외동이라면, 그럼, 태어날 때 죽은 쌍둥이인가 보네. 부모님이 얘기 안 해줬나보네요?"

내가 고개를 젓자 이발사는 이번에는 목을 이리저리 꺾으면서 말했다. 이발사의 목에서 믿기 힘들 정도로 크게 뼈가 꺾이는 소리가 났다. 우두둑, 우두둑.

"그래서 그런가, 말은 잘 못하는데, 힘이 엄청나네요. 힘이 정말 세요. 고집도 말도 못 하게 세. 자기를 아무도 몰라주고, 아무도 생각 안 해주니까. 그냥 너는 탈락이라는 듯 그런 취급 하니까, 그쪽한테 자기를 알리려고 엄청 애썼네."

나는 이발사의 말을 더는 듣고 싶지 않았다. 내가 쌍둥이였다는 말은 아무도 해준 적이 없었다. 우리 가족이 항상 어딘가 잘못되어 있다고 생각하긴 했지만 태어나기도 전에 죽은 쌍둥이를 굳이 내게 이야기할 이유는 없었다. 만약 내가 그 존재를 알았다면 나는 지금보다 더 이상한 사람이 되었겠지. 내 몫도 아닌 죄책감에 휩싸여서. 도대체 죽은 쌍둥이가 정말 있다 해도 내게 원한을 품을 일이 뭐가 있다고 이발사는 헛소리를 할까.

"마음이, 조금 풀렸대요, 최근에."

이발사는 나를 보다가 종희 언니를 돌아봤다. 언니는 눈물을 닦지도 않은 얼굴로 거울을 멍하게 보고 있었다.

"이쪽 아이가 입은 화에, 자기 마음이 좀 풀렸대. 그건 그쪽도 마찬가지일 거라고 하네요."

언니가 거울 너머로 나를 쳐다봤다. 이미 우리는 다시 보지 않을 사이가 되었음을 나는 알았다. 이발사는 자기가 무슨 말을 했냐는 듯 다시 언니의 머리를 자르기 시작했다. 이발사의 손은 빠르고 정확했다. 두 번 길이를 재는 법도 없었다. 나는 이발소를 나왔다. 그 환한 거울의 끝없는 세계에서 나는 분명 시온이도, 시온이의 고양이도, 그리고 검은 목을 길게 늘어트리고 있는 나의 형제도 봤다. 나는 언니의 말대로 어쩌면 진짜 고통을 모르는 거일지도 모른다. 내 죽은 형제의 말대로 언니의 고통에 내심 안도했을지도 모른다. 시온이를 삼킨 재난이 나를 비켜 갔으니까. 언니가 내게 자랑스레 이야기했듯 언니는 진짜 고통을 알게 되었고, 나는 아마 앞으로 영원히 혼자일 것이다. 곁에 누가 오더라도 나는 모를 것이다. 끝내 모르는 척할 것이다.

햇빛을 보니 눈에 거뭇한 잔상이 남았다. 언니가 무심코 눌러 죽인 나방파리 같은 검은 얼룩이 천천히 사라지기를 나는 기다렸다.

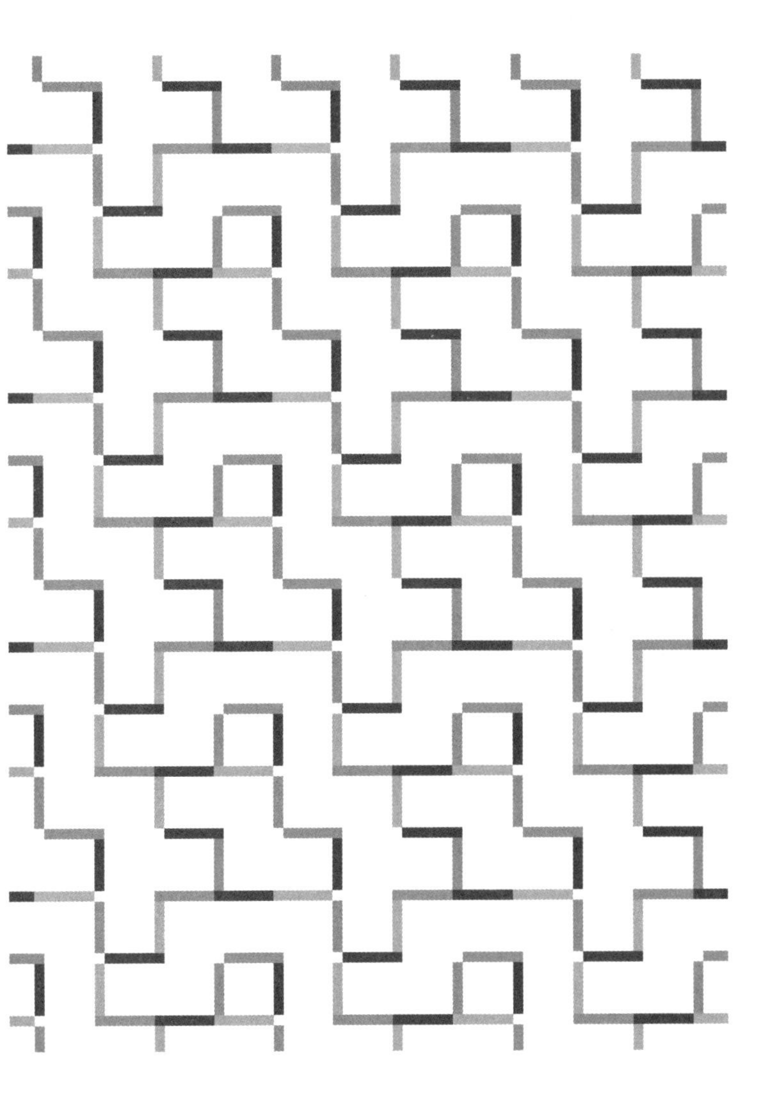

언 강 위의 우리

이서수

나뭇잎이 떨어지기 시작했을 무렵에 종선은 미진을 손절하겠다고 말했다. 나는 미진이 우리를 먼저 손절한 것이라 생각했지만 그런 말은 하지 않은 채 잠자코 있었다. 우리의 눈앞으로 커다란 플라타너스 잎이 바람에 이리저리 흔들리며 천천히 추락했다. 마치 고공에서 낙하산을 펼치고 훌쩍 뛰어내린 사람 같았다.

○ ○ ○

종선에게서 종로로 오라는 연락을 받았다. 남산타워가 보이는 에어비앤비 숙소를 잡았으니 함께 일박을 하자고. 신림에 있는 집을 놔두고 굳이 종로에서 자겠다는 계획을 말리고 싶었지만 이미 체크인을 마친 뒤였다. 새로 유행하는 힐링 여행인 걸까. 그러나 예상과 다르게 종선이 알려준 곳은 한옥 타입의 숙소가 아니라 종로 한복판에 위치한 특징 없는 고층 오피스텔이었다. 초인종을 누르고 잠시 기다렸더니, 낮술을 마시고 얼굴이 발그레해진 종선이 현관으로 나와 나를 반겨주었다. 숙소 안으로 들어가 미드센트리모던 스타일의 실내를 대충 둘러본 뒤 종선과 창가 앞에 마주 앉아 낮술을 마셨다. 그러기 위해 그곳에 간 것처럼 나는 종선의 잔에 부지런히 술을 채워주었다. 취기가 더 오르자 종선은 미진에 대한 얘길 꺼냈다.

걔가 쇼핑에 쓰는 돈이 얼만지 알아?

(아니, 나는 모르지.)

내 톡은 한참 뒤에 읽던데, 니 톡도 늦게 읽었어?

(그랬던 것 같지는 않아.)

나는 속으로만 대답하다 가라앉은 분위기를 바꾸고 싶어 산책이나 다녀오자고 말했다. 종선의 제안으로 덕수궁에 갔지만 석조전 계단을 오르며 종선은 다시 미진을 떠올렸다. 계단을 내려가다 넘어질 뻔해서 미진의 팔을 다급히 붙잡았는데, 그때 돌아오던 냉담한 반응을 잊을 수가 없다면서.

나 때문에 자기까지 넘어질 뻔했다는 거야. 어떻게 그런 말을 할 수가 있지?

(그러게. 미진이가 왜 그랬을까.)

나는 미진을 욕하고 싶지도, 종선의 편을 들고 싶지도 않아 미적지근한 반응만 보였다. 궁을 나와 안국동 방향으로 걸어가는 길에도 종선은 그 얘길 멈추지 않았고, 맥주를 사 들고 숙소로 돌아오는 엘리베이터 안에서도 미진에게 화가 났던 순간에 대해서만 말했다. 나는 일부러 하품을 크게 하며 지루한 기색을 드러냈다.

내가 미진이 욕을 너무 많이 한다고 생각하니?

어, 좀.

그럴 만하니까 하는 거야. 괜히 그러겠어?

종선은 엘리베이터에서 내리면서도 계속 투덜거렸다. 요즘 들어 자기 말을 귀담아들어주는 인간이 한 명도 없는 것 같다면서. 그 말처럼 나는 종선의 말을 한 귀로 듣고 한 귀로 흘리며 우리의 마지막 여행을 떠올렸다. 종선이 미진을 이 정도로 싫어하게 되었으니 우리가 다시 함께 여행을 가는 일은 아마도 없을 것 같았다.

지난겨울, 근속 오 년을 채운 포상으로 휴가를 받은 미진은 우리를 자신의 차에 태우고 경기도 서쪽 외곽으로 향했다. 요양원과 한방병원, 점집 등을 몇 군데 지나고 대포인지 탱크인지가 보이는 국군의 요새도 지나 도착한 그곳은 얼어붙은 강물로 둘러싸인 '국화호텔'이었다. 5층짜리 건물의 외관은 동유럽 구시가지에 있을 법한 건축물처럼 고풍스러웠고, 후문 안쪽엔 길고양이 가족이 살고 있었다. 카운터를 지키고 있던 부부는 그리 많지 않은 나이임에도 세상의 모진 풍파를 온몸으로 맞아본 얼굴로 손님을 맞이했다. 미진은 검색 끝에 찾아낸 국화호텔의 역사를 우리에게 설명해주었다. 개장한 지 일 년밖에 되지 않은 호텔에 과연 역사씩이나 있을까 싶었지만 미진은 국화호텔의 가치를 높게 보았다.

누군가와 이별할 예정이거나 이미 이별한 사람들

을 위해 조용히 사색할 수 있는 시간을 마련해주는 호텔이래. 그래서 고즈넉한 강변에 있고, 국도랑 연결되는 길은 산림도로 하나뿐인 곳이야.

어쩐지 SNS에 잘 먹힐 것 같은 콘셉트라고 종선이 비꼬았으나 그에 대한 반응은 보이지 않고 미진은 말을 이어갔다.

상상해봐. 폭설이 내려 하나뿐인 도로가 끊기고 강물마저 얼면 꼼짝없이 호텔에 갇히는 거잖아. 차로 이동할 수 없고 배도 띄울 수 없으니 어디로도 갈 수 없는 거지. 마음을 정리하기에 딱 좋은 곳 아니야?

나는 그 말을 들으면서 얼어붙은 강을 조심조심 걸어가는 여자의 뒷모습을 떠올렸다. 여자는 무슨 이유로 국화호텔을 떠나는 것일까. 이별이 실은 이별이 아닌 것으로 판명되어 당장 누군가를 만나러 가기 위함일까. 혹은 이별했으나 상대를 놓치고 싶지 않다는 걸 뒤늦게 깨달아서일까. 어쩌면 이별하기 전에 따져 물을 게 있는지도 모르지. 가만히 있자니 몹시 열불이 나서.

혼자 조용히 마음을 정리하는 호텔이라는 설명이

무색하게 미진은 나와 종선을 양옆에 끼고 요란한 감탄사를 내뱉으며 객실로 들어섰다. 인테리어는 깔끔하고 소박한 편이었다. 얇고 길쭉한 크리스털 꽃병을 제외하곤 다른 장식품은 없었고, 새하얀 벽엔 액자 하나 걸려 있지 않았다. 창가로 다가간 미진이 창틀에서 작고 조용한 회색 벌레를 발견했다.

쥐며느리 같은데.

종선의 말에 나는 쥐며느리라는 이름에 얽힌 속설을 알려주었다.

천적인 쥐와 마주치면 얼어붙는 벌레인데 그 모습이 꼭 시어머니 앞에 선 며느리 같다고 하여…….

내가 말을 끝마치기도 전에 종선과 미진은 그만 듣고 싶다는 표정으로 동시에 손을 내저었다. 객실에선 도무지 할 게 없어 우리는 밖으로 나가 강가를 산책했다. 얼어붙은 강물에 뿌리가 잠긴 갈대와 사계절 푸른 잎을 유지하는 겨우살이를 발견하면 나 혼자 걸음을 멈추고 유심히 보았다. 그때마다 미진이 내게 말했다.

너는 사람들이 관심 없는 데만 열심히 보고 다니는구나.

맞아. 난 그래.

강변 산책을 마치고 나면 호텔 1층 카페로 가서 뜨거운 커피를 마셨다. 투숙객은 커피가 무료였다. 상당히 밍밍한 맛의 커피였는데 그걸 마시는 동안 갈대 뿌리가 얼음 밑에 묻혀 있는 광경이 자꾸만 떠올랐다. 뭔가를 써볼 수도 있을 것 같았다. 이를테면, 두 발이 얼음덩어리 속에 갇혀버린 사람이 나오는 이상한 소설을.

여기서 겨울이 지나갈 동안 글만 쓰고, 바깥에서 무슨 일이 일어나든 신경 쓰지 않은 채 매일 강변을 걸었으면 좋겠어. 매운탕이 나오길 기다리며 너희들과 화투를 치고 화투점이나 보면서 하루하루를 보내고 싶어.

미진은 일 때문에 곧 돌아가야 한다고 냉담히 대꾸했고, 종선은 조소하며 말했다.

예슬이가 또 예술병이 도진 것 같다.

내가 병이 아니라 직업이라고 정정해주자 종선은 깊은 한숨을 내쉬었다.

안 아픈 사람이 없어.

종선이 뜻 모를 말을 중얼거렸고, 미진은 그 말에

고개를 끄덕였다. 나는 두 사람을 흘겨보고는 매운탕집으로 먼저 가 있겠다고 말했다. 근처에 다른 식당이 없어 우리는 두 끼 식사를 민물고기 매운탕집에서 해결했다. 아침 식사는 호텔에서 주는 조식으로 때웠고, 점심은 삼치구이나 순두부찌개, 저녁은 반주를 곁들여 칼칼한 매운탕을 먹었다. 메기매운탕, 잡어매운탕, 빠가사리매운탕을 번갈아 주문했다.

매운탕집 사장님은 우리에게 죽이 잘 맞는 사이 같다면서 자기도 그런 친구를 갖고 싶다고 부러움을 드러냈다. 종선과 미진이 나를 가리키며 얘를 두고 갈 테니 가지세요,라고 말했지만 사장님이 쟤는 술을 너무 좋아해서 안 된다고 고개를 저었다.

나는 술 좋아하는 친구들은 죄다 끊어버렸어.

도대체 왜요?

내가 항의하듯 묻자 사장님은 허공을 보며 말했다.

걔들은 사람을 자꾸 쓸쓸하게 해.

쓸쓸한 사람들이라 그런 거죠.

사장님은 '쓸쓸'이 아니라 '씁쓸'이라고 정정해주었다.

° ° °

여기서도 남산타워가 참 잘 보이네.

나는 종선을 위로해주어야 하나, 놀려야 하나 고민하다 그냥 가만히 있기로 했다. 종선이 예약한 숙소는 남산타워가 잘 보인다는 이유로 상당히 비쌌는데, 5,500원을 내면 커피를 마시며 두어 시간은 머무를 수 있는 카페에서도 남산타워 전경이 잘 보였고 심지어 종선이 예약한 숙소보다 뷰가 더 좋았다. 사실 비교할 필요가 없는 일이었지만 종선은 속으로 계속 비교해 보는 눈치였다. 이런 곳이 있는 줄 알았으면 커피 마시며 남산타워 실컷 보고 잠은 조금 더 저렴한 숙소에서 잤을 텐데, 하고 뒤늦은 후회에 시달리는 것도 같았다.

남산타워가 뭐라고 저걸 볼 때마다 마음이 싱숭생숭해지는 걸까. 서울에 볼 게 없어서 그런가?

종선은 손톱 끝으로 탁자를 톡톡 두들기며 말했다.

꼭 우정 같지 않냐. 멀리서 볼 땐 아름답고 멋지지만 막상 가까이 가보면 별거 없고 시시하잖아.

진정한 우정을 못 나눠본 사람이 하는 말.

니 책임도 있겠지.

이제 저기 시시한 곳 아니야. 외국인 관광객들이 얼마나 많이 가는데.

종선은 대꾸 없이 휴대폰을 슬쩍 확인했다. 아무래도 미진의 연락을 기다리는 것 같았다. 비싼 돈 내고 종로에서 하룻밤 자게 생긴 마당에 때마침 미진이 연락해온다면 얼마나 기막힌 타이밍일까. 술 마시자. 내가 숙소 잡아놨어. 남산타워도 잘 보여. 그렇게 말하면 미진은 또다시 얼마나 썼는데? 하고 물으며 산통을 깨려나. 미진은 사실 종선을 걱정하고 있는 것인지도 모르는데 종선의 생각은 달랐다.

학창 시절엔 우리 셋 다 똑같았잖아. 걔는 자기가 처음부터 잘났었다고 생각하는 걸까?

그럼.

단호한 내 대답에 종선은 할 말을 잃은 표정으로 나를 돌아보았다. 나는 종선의 마음을 달래주기 위해 말했다.

미진이가 일부러 그런 건 아닐 거야. (너의 열등감

때문이지.)

일부러 그랬어. (걔의 태도가 문제라는 거 몰라?)

미진이가 잘 나가긴 하잖아. (급이 다른 애야.)

우린 걔 밑바닥까지 다 봤어. (고등학생 때 기억 안 나?)

밑바닥이라니. (그렇게 말할 정도인가?)

우리가 걔랑 놀아준 거잖아. 그리고 그 소문. (친구 애인한테 꼬리 친 여우 같은 년.)

그건 좀 그랬지. (도대체 왜 그랬을까.)

근데 그거 진짜야? (그 일 때문에 폭행당했다면서.)

진짜일걸. (말한 적은 없지만.)

그런 일을 겪고도 성공했네. (독한 년.)

성공했지. (세속적인 성공이지만.)

우리의 대화엔 말하지 않은 속마음이 따라붙었다. 나만큼이나 종선도 잘 아는 내용의 묵언 대화가 동시에 이루어진 것 같았다. 우리는 씁쓸한 표정으로 남은 커피를 마셨다.

남산타워는 가을밤의 음울한 기운을 내뿜으며 시가지가 내려다보이는 위치에 우두커니 서 있었다. 지나간 시절을 그리워하는 걸까, 후회하는 걸까. 실은 우리에게서 그런 기운이 발산되고 있다는 걸 알았으나 적당히 모른 척하며 미진을 손절하는 것이 가능한 일인지 진지하게 가늠해보았고 그러다 종국엔 흠칫 놀랐다. 미진이 먼저 우리를 손절한 게 분명한데 우리는 왜 여기서 이런 생각을 하고 있는 걸까. 어떤 일을 당한 뒤에 똑같이 갚아주겠다고 도모하는 게 복수의 정의라면, 나는 미진에게 그렇게 하고 싶지 않았다.

미진이가 정말로 우리를 손절했을까?

종선이 미심쩍은 표정으로 물었다. 그렇게까지 할 리가 없다는 일말의 희망과 기대심리가 감지되었다. 한참 욕할 땐 언제고 이제 와서 저런 말을 묻는 저의가 뭘까. 나는 종선의 속마음을 알 것 같았지만 아무런 대꾸도 하지 않았다.

종선은 여전히 미진을 좋아하는 듯했지만, 좋아하는 만큼 싫어하는 것도 같았다. 아마도 미진이 자신을 무시한다는 생각을 지울 수가 없어서일 것이다. 주식에 대해 말할 때면 미진은 종선에게 무슨 돈이 있어서 그걸 샀어?라고 물었다. 그때마다 종선의 얼굴은

붉어졌다. 나는 미진이 하지 않은 말을 속으로 떠올렸다. 주식 같은 거 하지 말고 착실히 돈을 모아. 아마도 그런 말을 하려던 게 아니었을까. 연봉 얘기가 나오면 미진은 종선에게 그 돈으로 어떻게 살아?라고 꼬집듯 물었다. 그때도 나는 미진이 덧붙이지 않은 말이 있을 거라고 짐작했다. 정치 얘기를 할 때면 둘은 지치지도 않고 싸웠다. 미진의 이런 말들이 종선의 타오르는 분노에 기름을 부었다. 시위 나갈 시간에 자신의 인생이나 돌보는 게 나아, 기본소득을 주면 사람들이 일을 하겠니, 너는 왜 열심히 살고 있는 사람들을 무시해, 같은. 내 귀엔 그 말이 나라가 바뀔 거라 기대하지 말고 각자도생한다는 각오로 살라는 뜻으로 들렸지만 종선은 몹시 발끈했다. 자기가 언제 열심히 살고 있는 사람들을 무시했느냐고 되물었다. 미진은 네 머릿속에 그런 생각이 기본적으로 깔려 있다고 대꾸했다. 뭔가를 이뤄낸 사람들을 너는 늘 무시한다고. 그 노력과 성과를 속물적인 것으로 치부하거나 학연, 지연, 혈연으로 취한 것이리라 확신한다고. 개천에서 용 난 경우가 아니면 죄다 구린 데가 있을 거라 의심한다고. 미진은 왜 그런 말을 했을까. 왜 사람의 마음을 정면에서 찌를까.

과거에 나는 미진 같은 선배에게 친분을 매몰차게 거절당한 적이 있었다. 내게 담배를 갑째 건네주며 더 이상 누구도 마음에 들이고 싶지 않다고 차분히 말하던 사람이었다.

이거 다 피우고 집으로 가. 난 더 이상 누구와도 인연을 만들고 싶지 않아.

처음엔 그가 멋지다고 생각했다. 더 이상 누구도 마음에 들이지 않겠다는 말은 자신을 잘 알고 인연의 무게를 절감하는 사람이 할 수 있는 말이라고 생각했으니까. 하지만 첫차를 기다리며 벤치에 앉아 그가 준 담배를 하나씩 부러뜨리면서 그 말의 냉혹함을 뒤늦게 깨달았고, 내가 아니라 다른 사람이었더라도 그런 말을 했을지 자문해보았다. 아닐 거야. 다른 사람은 안으로 들일 수도 있지만 나는 아니었던 거지. 그런데 그걸 왜 굳이 솔직하게 말했을까. 피곤하니 이만 헤어지자고 대충 둘러대도 됐을 텐데. 바로 그 점이 너무 멋졌으나 동시에 조금도 멋지지 않았다. 누군가의 마음을 찌르는 칼이 제아무리 아름답다 해도 그것의 용도는 상처를 입히는 것이다.

나는 그때 나대로 그런 긴 상념에 빠져 종선과 미진의 대화를 다른 방향으로 유도하거나 갈등의 골을 재빨리 수습하지 못한 채 술잔만 비워냈고, 그들은 담배를 피우고 오는 척 따로 자리를 뜨더니 끝내 돌아오지 않았다. 다음 날 종선은 내게 전화해 전날 밤 길바닥에서 잤는지 집으로 기어들어 갔는지를 물으며 사과했으나 미진에게선 아무런 연락이 없었다. 계절이 바뀌어 벚꽃이 피고 지고, 무더운 여름을 지나 선선한 바람이 부는 가을이 되어도 미진에게선 여전히 연락이 없었다.

종선과 나는 미진과 함께 만나던 종로에서 둘이서만 만났다. 그때마다 종선은 미진이 생각났는지 틈만 나면 미진을 욕했다. 가만히 듣고 있노라면 욕이라는 것은 사실 갈망이 아닐까 생각될 정도로 종선이 미진을 갈망하는 것처럼 느껴지기도 했다. 종선은 미진이, 미진 아닌 모습의 미진이 되길 바라는 것 같았다. 그것은 실로 불가능한 일이었음에도 그랬다.

셋이서 주말마다 정독도서관에 모이던 시절이 있었다. 새벽같이 일어나 엄마가 싸준 도시락을 들고서 졸린 눈을 비비며 만났다. 대학에 들어가고 나서도 그 약속은 계속 지켜졌다. 술이 덜 깬 상태로 젖은 머리를 휘날리며 도서관에서 만났다. 그땐 도시락 대신 매점에서 떡라면이나 돈가스 같은 걸 사 먹었다. 오래전 미진의 이모가 유학을 준비하며 정독도서관에서 어학 공부를 했는데 당시엔 매점에 비둘기가 돌아다녔더라고 했다. 미진이 전해주는 비하인드 역사에 우리는 인상을 찡그리며 비둘기가 왜 식당 안으로 들어오느냐고 거짓말하지 말라고 쏘아붙였고, 미진은 답답한 듯 가슴을 두들기며 진짜라고 우겼다. 이모가 밥을 먹고 있는데 발치로 비둘기가 다가오고 머리 위로 날아다니니까 우산을 펼쳐서 주변을 막아둔 채 먹었다고.

진짜라니까, 이것들아!

그 얘기가 떠올랐다. 어떤 아주머니가 벤치에 앉아 양산으로 앞을 가린 채 밥을 먹고 있는 걸 보고서. 도서관이 리모델링 공사 중이라 우리는 안으로 들어가지 못하고 마당 벤치에 앉아 있었다. 아주머니는 이따금 양산을 들어 올려 지나가는 사람들을 힐끔 보다가 다시 황급히 앞을 가리고 밥을 먹었다.

왜 저렇게 불편하게 먹지. 사람들이 쳐다보는 게 싫은가.

같이 밥 먹을 친구가 없다고 생각할까봐 그런 거 아니야?

종선의 눈엔 이 세상 모든 사람이 친구 문제로 고민하고 있는 것처럼 보이는 듯했다. 그래도 그 말을 믿어주는 척이라도 해야 할 것 같았다.

아주머니 저도 친구 없어요.

종선이 내 말을 작게 따라 했다.

저도 친구 없어요.

우리는 멀찍이 떨어져 앉았다. 아주머니가 밥을 다 먹을 때까지 그렇게 하자고 종선이 이상한 제안을 했다. 나는 이상한 짓이라면 무조건 하고 보는 사람이라……. 아주머니는 우리가 친구 아닌 척하는 동안에도 양산으로 앞을 가리고 밥을 먹었다. 뒤늦게 친구 없다는 말이 왜 그리 자연스럽게 튀어나왔는지 의문이 들었다. 심지어 그 말을 하는 동안 아무런 모순도 느끼지 못했다. 옆자리에 종선이 앉아 있었음에도.

가끔 혼자 여기 와.

정독도서관에 올 때마다 시간이 멈추어 있는 기분이 들어 오늘이 영원할 것 같다고 종선이 말했다. 나는 동감한다고, 시간이 멈춘 것 같으면서도 여러 시대가 겹쳐 있는 듯하다고, 오늘은 영원히 오늘일 것 같지만 과거와 현재가 함께 있는 다층적 오늘이며 미래도 그런 오늘일 거라 예상된다고 말하려다 너무 길기도 하고 귀찮아서 삼켰다. 종선이 도서관 마당을 배회하는 남자에 대해 말했다. 줄담배를 피우다 벤치에 앉아 조는 게 도서관에 와서 하는 일의 전부인 것으로 의심되는 사람인데, 늘 말보로 레드만 피워서 눈길이 간다고.

나한테 담배 가르쳐줬던 남자가 말보로 레드를 피웠어. 내가 고개를 숙이니까 그러면 연기가 눈에 들어가서 맵다고 고개 들라며 내 목을 만지더라. 그 뒤로 계속 피해 다녔어.

그러게 왜 좋아하지도 않는 남자한테 담배를 배워.

나는 화가 나서 부끄럽게도 종선을 탓했다. 종선은 벤치 옆 쓰레기통을 가만히 바라보다 내 말을 못 들은 것처럼 딴소리를 했다.

현재의 감정은 분명히 '증'인데, 과거의 기억이 놔주지 않아서 자꾸만 '애'가 섞여들 때가 있잖아. 그럴 땐 어떻게 해야 할까?

나는 종선이 '애'와 '증'을 발음할 때마다 미진의 얼굴이 떠올랐다. 점멸하듯 '애'에서 켜지고, '증'에서 꺼지는 그 얼굴은 참으로 냉담해 보였다. 나는 고심 끝에 천천히 입을 열었다.

……'애'가 섞여들 땐 그냥 사랑하는 수밖에 없지 않나.

종선은 반박하지 않았다.

ㅇ ㅇ ㅇ

남산타워가 보이는 카페를 나와 남산타워가 보이는 숙소로 걸어갔다. 똑같은 일정이 반복되는 것 같았다. 남산타워, 미진이 욕하기, 남산타워, 미진이 욕하기. 도중에 구석진 골목 어딘가를 잠시 헤맸다. 녹색 커튼이 쳐져 있는 이발소 앞을 지날 때 빠르게 돌아가는 삼색등을 가리키며 미진이 이상한 얘기를 했다. 반대 방향으로 돌아가면 퇴폐업소라고 하던데. 나는 근거가 있는 거냐고 따져 물었고, 미진은 근거 따윈 없으니 글에 쓰지 말라고 대꾸했다. 이발소 문이 열리며 뜻밖에도 젊은 여자가 걸어 나왔다. 우리는 여자가 골목 모퉁이를 돌아 사라지는 걸 지켜보았다. 이발소 문이 다시 열리더니 백발의 이발사가 밖으로 나와 주머니에 손을 넣은 채 어딘가로 걸어갔다. 나는 그들의 스토리를 상상하다 엉뚱한 얘기를 꺼냈다. 커튼이 쳐져 있는 이발소를 볼 때면 연극을 상연하는 소극장이 떠오른다고. 빙글빙글 돌아가는 삼색등은 회오리 사탕 같아 마음이 들뜨고, 이발소 문을 열고 나오는 사람은 평생 이발사 역할을 연기하며 살아가야 하는 배우 같다고. 촬영 시작을 알리는 슬레이트 소리만 들었을 뿐 엔딩은 아직 맞이하지 못한 사람이며, 우리 모두 맡은 역할을 연기하고 견디며 살아가고 있는지도 모른다고. 그 말을 하며 슬픈 눈길로 옆을 돌아보았더니 종선은 열심히 딴짓을 하고 있었다. 맛집을 검색하는지 휴대폰을 들여다보던 종선이 갑자기 놀란 목소리로 외쳤다.

미진이가 굴보쌈집 앞에 줄 서 있어. 방금 전에 인스타 스토리에 올렸네. 우리도 갈까?

종선은 내 대답을 듣지도 않고 황급히 발걸음을 돌렸다.

굴보쌈집이 모여 있는 골목은 뱀처럼 길고 좁은 데다 발 디딜 틈도 없을 정도로 붐볐다. 뜨거운 증기가 올라오는 솥들 안에서 기름지고 뿌연 물이 팔팔 끓었다. 저 안에 수육이 있나? 의문을 길게 품을 새도 없이 행여나 손이라도 델까봐 얼른 떨어져 섰다. 맞은편엔 빈자리가 나길 기다리는 사람들이 바투 붙어 배급을 기다리는 것처럼 지친 표정으로 서 있었다.

종선아, 너 『월리를 찾아라!』 알아?

몰라, 월리를 왜 찾아.

막상 보면 너도 찾고 싶어질 거야.

우리는 싱거운 잡담을 하면서 보쌈집을 기웃거렸

다. 한 군데씩 들어가 홀을 샅샅이 둘러보면 미진을 찾을 수 있을 것 같았다. 그러나 그렇게 해서 미진과 마주치면 도대체 무얼 해야 할까. 이제 미진은 우리에게 연락하지 않고, 우리도 마찬가지인데. 나는 종선이 미진에게 품고 있는 감정에 두 번째 의구심을 품었다. 그 전의 의구심은 가짜 명품 백 사건이었다. 종선이 미진에게 그걸 선물해줬다는 정황을 포착하고 나선 도대체 무슨 이유로 명품 백을 사준 건지 몹시 의아했다. 이번에도 그랬다. 미진을 저렇게 악착같이 보려는 이유가 뭘까. 그것도 우연을 가장하여. 거기엔 집착을 뛰어넘는 감정이 숨겨진 것 같았다. 우리는 몇 군데 가게에 들어가 미진을 찾다가 열의가 점점 사그라졌고, 결국 대기 줄이 길지 않은 곳에서 걸음을 멈추었다. 종선이 대기 줄 꽁무니에 붙어 서며 말했다.

우릴 손절해도 괜찮다는 마음을 갖고 있는 거잖아. 나는 그게 너무 분해.

분할 것까지 있어? 그냥 내버려둬.

원래부터 툭하면 싸웠잖아. 그래도 금방 화해하고 다시 봤는데 이번엔 왜 다를까?

니가 막말했잖아. 그런 일을 똑같이 당해봐야 정신 차릴 거라고. 그런 게 차곡차곡 쌓인 거지.

나도 쌓인 거 있어.

나도 있어.

어라! 너도 있어?

종선은 네가 그런 게 왜 있느냐는 표정으로 나를 돌아보았다.

이게 사람을 뭘로 보고……. 너희들이 차이 나는 연봉을 기준 삼아 서로에게 선을 확 그을 때마다 나는 뭐 돌멩이처럼 아무 생각이 없었을까. 내가 보기엔 너희 둘은 같고 나만 다른데. 적게 벌어도 원하는 대로 살 수 있으면 괜찮다는 예술가도 있지만 난 그런 과가 아니야. 바라는 게 있어. 그러나 아무래도 망조가 든 것 같단 말이지. 생활은 어려운데 글쓰기만큼 좋은 건 없고, 회사에 들어가긴 나이가 너무 많고, 다 늦은 거 같고, 돌이킬 수 없이 망한 거 같아. 그런데 내 앞에서 정규직 회사원 둘이 연봉이 낮다는 둥 높다는 둥 샤넬백을 산다는 둥 만다는 둥……. 솔직히 말해봐. 왜 미진이한테 명품 백을 선물한 거야?

종선은 한참을 머뭇거리다 말했다.

그냥…… 미진이한테 선물을 주고 싶었어. 너는 안 줘도 될 거 같았고.

뭐? 도대체 왜 그런 생각을 한 거야?

나한텐 안 줘도 될 것 같았다니, 기가 차서 그 이유를 꼭 알아내고 싶었으나 종선은 미진에 대한 얘기만 했다.

내가 회사를 언제 때려치울지 몰라. 그러면 월급 받는 삶하곤 작별인데, 그 전에 친구한테 거하게 쏘고 싶었어. 미진이가 샤넬 백 좋아하니까 쪼그만 거 하나 사주려고 했지. 원래는 삼백만 원이 넘는데 그 사기꾼이 반값에 구해준다잖아. 내 평생 처음이자 마지막으로 친구한테 비싼 선물 하나 사주고 싶었어. 너는 그런 마음 들 때 없어?

없어.

나는 있어. 내가 돈이 엄청 많았으면 너희들한테 차를 한 대씩 뽑아줬을 거야. 나는 그런 사람이야. 명품 백은 비싸니까 함부로 안 버리잖아. 할머니가 되어서도 메고 다닐 수 있지. 그래서 명품이라면 치를 떠는 내가 눈 딱 감고 샀는데…….

종선은 그 말을 하면서 갑자기 울기 시작했다. 긴 기다림 끝에 비로소 자리에 앉아 소주 반병을 원샷하듯 마시더니 자기 마음이 얼마나 깊고 따듯한지 아무도 몰라준다고 철부지처럼 투정을 부렸다. 나는 그 모습을 보며 미진이 종선을 손절한 이유를 점차 깨달아갔다. 안타깝게도 종선은 자기가 해준 만큼 돌려받으려는 사람이었다. 상대에게 내보인 마음의 크기만큼 정확하게 돌아오지 않으면 불안해하고 초조해하고 상대의 됨됨이를 의심하고 종국엔 스스로 품위를 손상시키는 사람. 상대가 알아줄 때까지 애쓰느라 분수에 맞지도 않는 지출을 하는 사람. 뒤늦게라도 바로잡으려 노력하는 대신 진실을 감추기에 급급한 사람. 나는 종선의 밑바닥을 본 것 같았으나 참 나, 밑바닥이라니. 그 단어에 부여된 저급성과 거리를 두고 싶었다. 차라리 뿌리라고 하자. 종선의 뿌리는 언 강에 발이 잠긴 갈대처럼 꽁꽁 얼어붙은 강물 안에 오랜 세월 갇혀 조금도 성장하지 못한 것 같았다. 도대체 왜 그럴까. 이젠 혼자 있을 때 더 즐겁다는 사람이 사십 퍼센트나 된다던데. 우린 그런 시대를 살아가는 사람들인데.

종선아, 우정에 너무 집착하지 마.

내가 집착하는 게 아니라 너희가 너무 가볍게 보는 거야. 우리가 함께 보낸 시간을 어느 한 시절로 치부해버리는 거지. 덧없이 지나가고 말 것으로.

뜻밖에도 말문이 막혔다. 정수리 위로 고드름이 떨어진 것처럼 차갑고 아팠다. 그럴 리 없다고 반박할 수 없어서 더 아팠다. 과연 십 년 뒤에도 우리가 계속 만나고 있을까. 종선의 말처럼 이 모든 것이 어느 한 시절에 일어난 일들에 불과하리라는 걸 나는 알았다. 그러자 속수무책으로 서글퍼졌다. 말하지 않아도 될 것을, 못 본 척 그냥 지나가면 될 것을 왜 굳이 말로 언급하고 자세히 들여다보고 낱낱이 해부하려는 걸까, 저 미련한 아이는.

미진이는 휴식도 계획 세워서 똑 부러지게 하잖아. 인간관계도 효용성을 엄청 따질 거야. 근데 걔가 모르는 게 있어. 한번 손절하면 관계를 되돌리기 어렵다는 걸 몰라. 마음에 이미 칼자국이 난다는 걸…….

탁자 위로 굵은 눈물방울을 뚝뚝 떨어뜨리며 종선은 외치듯 말했다.

손절한다고 인생이 나아져? 그냥 그건 손절한 사람만 많아지는 거야!

종선은 두 팔로 머리를 감쌌다. 골이 아파 죽겠다는 듯이. 나는 미진을 손절하겠다고 백 번 넘게 말하던 그날 오후의 종선을 생생히 기억하고 있었기에 마음이 저렇게 갈대 같을 수가…… 속으로 흉보다가 손절을 결심한다고 상대가 마음속에서 완전히 지워지는 것은 아니구나, 누가 손절하고 누가 당한 건지 끝내 모르는 상태가 되어야 진정으로 상황을 이해하게 되는 것이구나, 우리는 어쩌다 이렇게 되어버렸나, 하고 생각했다. 엉킨 실타래를 풀어줄 사람이 도무지 보이지 않았다.

너는 보쌈집에서 왜 우니?

홀연히 나타난 미진이 의자를 빼고 앉더니 훌쩍이는 종선을 빤히 쳐다보았다. 우리가 애써 찾아다닐 땐 머리카락 한 올 보이지 않더니 수색을 포기하자마자 우리 앞에 덜컥 나타났다. 오랜만에 마주한 미진은 역시 미진다웠다. 고급스러운 정장 룩, 적당한 높이의 펌프스, 어깨에 걸친 점잖고 값비싼 핸드백, 잘 손질된 머릿결까지. 미진의 표정은 밝았고 명랑한 기운이 넘쳐 보였다.

내가 올린 스토리 보고 온 거지? 그거 누가 봤는지 기록 남는 거 몰라?

나도 알아.

종선은 그렇게 답하며 눈물을 닦아내고 미진의 얼굴을 가만히 보았다. 들키고 싶었던 마음을 한껏 드러내면서. 저런 행동은 애정을 갈구하는 투정에 가깝지 않나. 나는 종선의 속 보이는 행동을 가려주려고 술잔을 가져와 소주를 한가득 따라주었다.

요즘 SNS에서 '손절호텔'이 핫한 거 알아?

잔을 한 번에 비우고 내려놓으며 미진이 말했다. 나는 손절호텔이 뭐냐고 얼른 물었다. 거기 가서 제대로 손절하려는 것 같다는 짐작을 하면서.

우리가 갔던 국화호텔이 손절호텔이 됐어. 이별을 앞두고 있거나 이별한 사람이 조용히 마음을 정리하는 곳이 손절호텔로 유명해지고 있다고. 객실 예약이 여름까지 꽉 찼대. 이별하는 사람이 그렇게나 많은 거지.

손절은 이별과 달라.

종선이 불퉁한 표정으로 입을 열었다. 손절과 이별은 차원이 다르다고, 손절은 효용성을 따지는 행동이지만 이별은 그런 게 아니라고, 마음이 저절로 멀어지거나 사정이 생겨 어쩔 수 없이 헤어지게 되는 거라고, 죽음 때문이든 경제적 이유든 오해를 풀 수 없어서든 여하튼 손절과는 경우가 다르다고. 그러자 미진은 이별과 손절이 뭐가 다르냐고 맞받아쳤다.

손절했다고 말해야 듣는 사람은 물론이고 말하는 사람도 기분이 깔끔하지. 더 큰 손해를 보기 전에 정리했다는 의미니까.

그래서 이별과 다른 뜻이라는 거야.

종선은 이별 파수꾼처럼 끝까지 저항했고, 미진은 종선을 벼랑 끝으로 밀어붙였다.

이별을 손절로 대체해야 누구도 손해 보지 않는다고, 이 바보야. 너도 앞으론 인생을 깔끔하게 정리하며 살아. 시위 좀 그만하고, 시위대 따라다니면서 얼린 생수 나눠주는 것도 하지 말고. 친구를 향한 과도한 사랑도, 툭하면 회사를 그만두는 성정도 정리해. 너를 생각해서 하는 말이야.

탁자 위로 긴 침묵이 흘렀다. 뜻밖에도 종선은 반박하지 않았다. 미진 역시 중요한 게 뭔지 깨달을 거라고, 늦더라도 언젠가 변할 거라고 종선은 내게만 말한 적이 있었다. 그걸 알 리가 없는 미진이 괴롭다는 표정으로 입을 열었다.

손절호텔에나 다시 가자. 심종선은 왜 저렇게 나이브한 인간이 됐는지, 박예슬은 왜 거지로 살면서도 예술을 놓지 못하는지, 나는 왜 너희들한테 상처만 주는 나쁜 년이 된 건지, 가서 생각 좀 해보자.

니가 나쁜 년인 건 아는구나?

종선은 그렇게 말하며 반색하더니 손뼉을 짝짝짝 쳤다. 나는 멍한 표정으로 가만히 있었다. 거지로 살면서도……. 그 말이 귓가에 계속 맴돌았다. 친구니까 그렇게 푹 찌를 수도 있는 거라고 생각했지만 뒤미처 무거운 질문들이 떠올랐다.

나는 왜 나쁜 년인 너와 친구인 걸까. (그건 니가 생각해봐.) 종선이는 왜 나쁜 년과 친구로 지내려는 걸까. (그건 내가 생각해볼게.) 나는 왜 종선이 너와 친구인 걸까. (그게 왜 의문이지?) 우리 셋은 친한 게 맞을까? (우리 셋이 친한 게 맞아?) 친하다는 건 어떤 의미지?

ㅇ ㅇ ㅇ

새해가 시작되고 한파가 몰아닥친 주말에 우리는 손절호텔에 갔다. 겨우내 서로 뜸하게 연락하며 어느 정도 거리를 둔 뒤의 재회였다. 종선은 베트남으로 긴 여행을 다녀왔고, 미진은 더 좋은 회사로 이직했다. 나는 실망스러울 정도로 예전과 똑같이 살았다. 글 쓰고, 아르바이트하고, 술 마시고, 다른 사람들이 관심을 보이지 않는 것들을 자세히 들여다보고 다녔다. 미진의 차를 타고 호텔로 향하는 길에 강변에 설치된 기다란 철조망이 눈에 들어왔다. 끝없이 이어진 철조망 아래를 두 사람이 걷고 있었다. 그곳만 흑백 화면처럼 생기가 없고 텁텁해 보였다. 친구들과 함께 여행 가는 길이 왜 즐겁기보다는 슬플까. 왜 꿈처럼 어떻게 전개될지 예상할 수 없는 이야기로 느껴질까. 그러면서도 극적으로 분위기가 전환될 거라는 예감이 왜 자꾸 들까. 인생엔 플롯이 없다고 생각했지만 과연 정말 그럴까.

차 안에 흐르는 정적을 깨기 위해 괜히 그 말을 꺼냈다. 종선이 미진을 제대로 손절하려 했던 게 떠오른다고. 종선은 시침을 뚝 뗐다.

내가 언제?

미진이 서운해하는 기색 없이 아이를 어르는 것처럼 그래쪄요, 우리 종선이, 하고 혀짤배기소리를 해서 진심처럼 안 느껴지니 그런 소리 좀 내지 말라고 했다. 종선은 내 말에 동의하면서도 얼굴이 발그레해졌다. 화가 나서 달아오른 게 아니라 부끄럽고 좋아서 그런 것 같았다. 미쳤냐?라고 말하면서도 얼굴이 벌게져서는…… 입이 귀에 걸려서는…… 좋아하는 기색이 확 느껴졌다. 나는 미진이 우리를 너무 능수능란하게 다루는 것이 아닌가 싶었으나 그렇게 하는 사람이 없었더라면 우리가 이토록 오랫동안 만나지는 못했을 거라는 생각도 들었다. 미진은 우리를 적당히 밀어두었다가 다시 끌어당기길 잘했다. 그냥 손절해버려도 될 텐데 그러진 않았다. 왜일까.

얼마 전 미진의 인스타그램을 들여다보던 중 수상한 점을 발견했다. 종선이 구해준 백을 메고 찍은 사진이 한 장도 없었다. 다른 명품 백은 모두 사진 속에 등장하는데 그 백만 없었다. 미진은 그 가방이 가품인 걸 알았을까. 당연히 알았을 것이다. 알고도 종선이 서운해할까봐 우리를 만날 땐 그 백을 메고 나온 것이겠지. 미진은 가품을 알지만 모른 척하고 가품을 진짜인 줄 안 종선은 전전긍긍하고, 나는 종선에겐 비싼 선물은 안 사줘도 되는 친구인 데다—아직까지 그 이유를 알아내지 못했다—우리는 알아야 할 일은 모르고, 몰라도 되는 일은 많이 아는 건지도.

무슨 생각 하니?

미진이 룸미러로 나를 힐끗 보며 물었다.

예술과 시간과 나이.

뭐 인마? 괜히 물었네.

나는 혀 차는 소리를 물리치며 말했다.

왜 사람들이 관심 없는 일에만 눈길이 갈까. 너희들은 12월의 마지막 날에 뭐 했어? 나는 콩나물국밥집에서 소주를 마셨거든. 한 병 깔끔하게 비우고 밖으로 나와 걷다가 롯데리아 앞에서 어떤 할아버지를 봤는데…….

근데?

울고 계시더라고.

우셨다고?

롯데리아 앞에 앉아 손등으로 눈물을 훔치면서 우시더라고. 지나가는 사람들이 아무도 모르는 거야. 봤으면서 못 본 척한 건지도 모르지만. 그 앞을 지나가야 하는데 발걸음이 떨어지지 않았어. 돌아가서 왜 우시는 거냐고 묻고 싶더라. 거의 그러기 직전까지 갔어.

한 해의 마지막 날인데 혼자 있어야 해서 그러신 거 아니야? 누군가 떠올라서 그랬을지도 모르고.

안 좋게 헤어지셨나?

그 말을 끝으로 우리는 돌연한 침묵에 잠겼다.

겨울 숲을 통과한 차가 호텔 주차장으로 천천히 들어섰다. 두 번째로 방문한 국화호텔 아니, 손절호텔은 외관이 처음보다 더 새것처럼 보였다. 체크인할 때 만난 주인의 얼굴 역시 이전에 봤을 때보다 한층 밝아 보였지만 애써 친절한 태도를 유지하려는 가면을 쓴 것 같기도 했다. 사람들의 입길에 오르내리기 시작하자 방문자 리뷰 같은 것을 신경 쓰는 건지도 몰랐다.

우리는 객실로 올라가 짐을 풀고 늘어난 장식품을 구경하다 호텔 밖으로 나갔다. 강은 그때처럼 꽁꽁 얼어붙어 있었다. 빙질은 균일하지 않았고, 갈대 뿌리는 여전히 강물 속에 잠긴 채였다. 미진이 빙판 위로 발을 내디뎠다. 연이어 종선이 언 강으로 들어섰다. 두 사람은 보속을 맞추어 나란히 걷기 시작했다. 나는 주춤주춤 걸으며 그들을 뒤따라갔다. 빙판이 미끄러워 두 팔을 벌리고 균형을 잡으며 걸었다. 팔이 부러지면 어쩌지. 머리가 깨지면 어쩌나. 나는 실비보험도 없는데. 점퍼의 후드를 머리에 쓰고 대충 걸쳐놓은 목도리를 목에 둘둘 감았다. 밖으로 나와 있는 두 손이 얼어붙을 것 같았다. 바닥만 보며 걷다 고개를 드니 미진과 종선은 저만치 앞서가고 있었다.

같이 가!

내 말이 들리지 않는지 두 사람은 뒤를 돌아보지 않았다. 나는 보속을 조금 빨리했다. 얼어붙은 강과 산. 등 뒤의 호텔. 나보다 앞서 걷는 친구들. 매서운 바람이 불어와 언 강 위를 내달리며 뺨을 할퀴고 지나갔다. 미진과 종선이 나를 돌아보더니 빨리 오라고 손짓했다. 너무 멀리 가는 것 같았다.

너희들이 돌아와!

크게 외쳤지만 두 사람은 듣지 못한 듯 내게 계속 손짓했다. 나는 그들이 서 있는 지점까지 조심조심 걸어갔다. 도중에 얼음이 쫙 갈라져 강물에 풍덩 빠지면 저들이 날 구하러 달려와줄까, 당연히 와주겠지, 영화에서 본 것처럼 근처에 굴러다니던 튼튼한 나뭇가지를 주워 와 붙잡으라고 외치겠지. 하지만 여긴 나뭇가지가 한 개도 없는걸……. 불길한 상상을 물리치며 그들이 서 있는 지점에 겨우 당도했다.

어디까지 가려고?

강 건너.

거긴 왜?

그냥 뭐 있나 보려고.

건너편엔 고목과 잡목이 가득한 숲과 덜 녹은 눈, 고개 숙인 채 서 있는 갈대밖에 없는 것 같았다. 인적은 없었고 간판 하나 보이지 않았다.

반대편까지 갔다가 다시 돌아오자. 얼음이 깨지고 그 속으로 추락하지 않았다는 걸 다행으로 여기면서 호텔로 돌아가는 거지.

미진의 말에 종선은 왜 그래야 하느냐고 물었다. 나는 아무런 대답 없이 고개를 수그리고 있는 미진의 옆얼굴을 물끄러미 보다가 문득 우리의 우정에 대해 생각했다.

연대, 위로, 응원, 다정함, 따듯함. 그게 우정의 전부는 아닐 것 같았다. 마음의 상처, 후회, 성가시고 끈질기게 따라붙는 자그마한 분노, 비교와 대조, 차이와 차별, 무시로 귀결된 언사와 가까스로 참는 인내와 견딤은 우정이라 할 수 없을까. 집착과 오해와 증폭된 피해망상은. 그것에 대해선 왜 아무도 말하지 않을까. 우정이 아니라서? 혹은 우정의 보기 싫은 점이라서?

나는 우리가 이렇게 오래 만날 줄 몰랐어.

내 말에 종선이 고개를 끄덕이며 물었다.

언제부터 잘 맞은 거지?

맞은 게 아니라 참은 거야. 참을성이 높아진 거야.

미진은 내내 참고 견뎠던 사람처럼 단어 하나하나를 힘주어 말했다. 어째서인지 그 말이 트리거가 되었고, 나는 그들에게 서운했던 것을 미주알고주알 말해버렸다. 그러나 돌아오는 반응은 예상 밖이었다.

난 너한테 서운한 거 없는데.

나도 없어.

야, 그럼 내가 뭐가 되는데?

할 말이 없어진 나는 뒤꿈치로 빙판을 콕콕 찍었다.

∘ ∘ ∘

매운탕집 사장님은 우리를 기억하고 있었다. 빠가사리매운탕을 주문하고 음식이 나오길 기다리는 동안 우리는 구석에 놓여 있는 담요와 화투를 가져왔다. 밥값 내기가 붙었고 늘 그랬듯 나는 제외되었다. 누가 이기든 지든 나는 얻어먹을 수 있었다. 당연하다는 듯 나를 내기에서 빼주는 걸 보며 만일 이들을 손절하려고 결심하는 날이 온다면 이 순간이 가장 마음에 걸릴지도 모르겠다고 생각했다.

미진이 화투장을 짝 소리 나게 내려놓으며 재빠른 손놀림으로 패를 맞추었다. 종선은 맥주 거품을 적당한 비율로 따르려고 무진 애를 썼다. 잠시 후 사장님이 커다란 냄비를 들고 왔다. 우리는 재빨리 담요를 접고 화투패를 정리해 제자리에 가져다놓았다.

보글보글 끓고 있는 매운탕 국물을 한 모금 떠먹으려다 내가 말했다.

얘들아, 빠가사리라는 단어는 좀 그렇지 않니? 어쩜 이름을 이렇게 야멸차게 지어놓을 수가 있어. 빠가사리라고 말할 때마다 꼭 누군가를 빠개는 기분이 들잖아. 내가 빠개지는 것 같기도 하고.

너는 그만 빠개져도 돼.

그래, 그만 빠개져.

더 이상 못 빠개지게 우리가 막아줄까?

얘들이 왜 이래…….

나는 얼굴을 붉히며 창가로 시선을 옮겼다. 얼어붙은 강 위로 흰 눈이 소리 없이 내리고 있었다. 그 풍경을 바라보는 동안 과거의 어느 한 시절에 속해 있는 기분이 들었다. 먼 미래의 내가 창밖에 서서 과거의 우리를 바라보고 있는 듯한 착각이 일었다. 내가 지금 하고 있는 예술이 현재에 속한다고 어떻게 자부할 수 있지. 이미 지나온 것들에 대해서만 쓰는 기분이 드는데. 아니, 곧 다가올 것에 대해서만 쓰는 것 같은데. 어쩌면, 지금 이 순간의 진실에 대해서만 쓰는지도 모르지. 나는 어디에 속한 채로 무엇을 쓰고 있는 걸까.

종선과 미진은 내 속엣말을 들은 것처럼 아무런 말 없이 내 잔에 소주를 따라주었다.

호텔로 돌아가는 길에 우리는 다시 빙판 위를 걸었다. 미진은 스케이트 선수처럼 뒷짐을 지고 왼발 오른발 번갈아 미끄러지듯 걸으며 앞으로 나아갔고, 종선은 주머니에 손을 넣고 무심한 표정으로 터벅터벅 걸었다. 나는 몸을 사리며 천천히 걷다 걸음을 멈추고 흰 달 아래 환히 빛나는 강을 바라보았다. 문득 사계절 얼어 있는 강이 떠올랐다. 그 옆에 자리한 벚나무 한 그루도. 늘 얼어 있는 강을 바라보는 벚나무의 마음엔 무엇이 드리워질까. 계절에 맞추어 생장과 변화를 거듭하는 벚나무와 계절을 감지하지 못한 채 아무런 변화가 없는 강. 어쩌면 비슷한 이유로 나는 이들을 계속 만나는 건지도 몰랐다. 꽃이 피고 지고 잎을 떨어뜨리는 벚나무 옆에 영구히 얼어버린 강을 두지 않으려고.

우리는 친한 게 맞을까? (그 대답은 우리의 믿음에서 비롯되고.) 친하다는 건 어떤 의미지? (한겨울엔 얼어도 봄이 오면 녹는 강.) 그래, 그런 강.

나는 발밑의 얼음을 내려다보았다. 균열이 생겨 그 사이로 풍덩 빠질 것 같은 두려움이 단단하게 얼어붙었으니 괜찮을 거라는 안도감으로 변해갔다. 그러자 두 발에 집중되어 있던 힘이 몸 여기저기로 가볍게 흩어졌다. 나는 빙판 위로 사뿐히 발을 내디뎠다.

시간여행자 *처음 한 여행과 다르게 여행하는 것*

전하영

영화학교에 다닐 때 내가 유일하게 마음 깊이 따르던 한 선생님이 있었는데, 그는 등장인물이 아침에 깨어나는 장면으로 영화를 시작하지 말라고 가르친 바 있다. 요란하게 울리는 알람소리를 듣고 눈을 뜬 주인공이 힘겹게 몸을 뒤척거리며 잠에서 빠져나오는, 그런 흔해빠진 시시한 행동으로 이야기를 출발시키지 말라는 뜻으로 기억한다.

"당신의 인물이 똑같은 하루 속에 갇히거나, 과거 혹은 미래의 어느 불특정한 시점에서 불현듯 정신을 차리거나, 바로 그 당일에 죽을 운명에 처하게 되더라도 말입니다. 옆자리에서 사람 시체라든가, 나체의 미녀라도 발견하는 게 아니라면, 당신은 높은 확률로 그 장면—아침에 눈을 뜨는 문제의 그 장면—을 편집

단계에 이르러 결국 삭제해버리고 말 테니까요. 뭔가를 제대로 하고 있다면 말입니다. 그러니 구태여, 휴지통에나 버릴 그따위 식상한 신을 찍는 데에 아까운 시간과 에너지를 낭비하지 마시고 곧장 본론으로 직진하시기 바랍니다. 사건을 즉시 구동시키고, 이야기의 한가운데로 곧바로 점프하세요."

두 손을 모아 다이빙하는 듯한 제스처를 취하며 선생님은 강조하여 말한다. 그러곤 관중들의 호응을 기다린다는 듯 잠시 말을 멈추고 강의실 안을 둘러보며 여유 있게 미소 짓는다.

시체와…… 나체와……

미녀.

어쩐지 그 말에 즉시 기분이 나빠졌다.

그리고 그의 말투, 그 특유의 독특한 말투.

극존칭에 가까운 어투는 표면적으로는 학생들에 대한 존중을 가장하는 듯했지만 실은 그들과 적당한 거리를 유지함으로써 자신의 권위를 내세우기 위함에 진정한 목적이 있는 것 같았다. 학생들은 다른 수업과 달리 그 어떤 시답잖은 수작도 시도할 엄두를 내지 못하고 집중하는 척을 한다. 모두들 순한 양이 되어 그의 뜻을 거스르지 않는다. 그의 말은 절대적이다. 어떤 면에서는 종교단체의 지도자 같기도 하다.

선생님의 권위적인 미소에 즉각적인 반응을 보인 사람은 단 한 사람뿐이었다. 아마 나는 티를 내고 싶었던 모양이다. 내가 그를 알아보고 있다는 것을. 당신이 생각하는 것보다 더 속속들이 당신을 파악하고 있다는 것을. 예전—그러니까 선생님이 전도유망한 영화감독에서 학교 선생으로 '후퇴'하기 전—에 그가 만든 영화 속에서 주인공이 종종 꿈—혹은 이상하게 꼬여버린 시간대—에서 깨어나는 장면으로 영화를 시작하곤 했다는 사실을 잘 기억하고 있었기 때문이었다. 그 '깨어나는 영화' 3부작은 상업적으로는 그의 실패작 중에서도 더 실패한 것들에 속했는데, 개봉할 당시만큼은 재능 있는 젊은 작가의 실험적인 시도로 여겨져서 소수의 비평가에게 큰 지지를 받은 바 있었다.

나는 서양 영화 속에 나오는 인물이 누군가의 말을 장난스럽게 반박하고 싶을 때 하는 것처럼 마른기침을 쏟아내듯 콜록거리면서 그가 만든 영화의 제목을 기침에 섞어 빠르게 뱉어냈다. 두 글자로 된 한 단어의 전형적인 한국 영화 제목이었다. 그의 영화 중 내가 가장 좋아하는 작품이자 상업적으로 가장 망한 것이기도 했다. 섬세한 조크라고 생각했던 내 예상과 달리 강의실 안에는 일순 긴장감 어린 정적이 흘렀다. 조용한 가운데 더 조용해질 수 있는, 고통스러울 정도로 어색한 조용함의 순간이 존재한다는 것을 일러주는 낯선 적막감이었다. 무언가 잘못되었다는 생각이 들자 정말로 제대로 된 기침이 나와 몇 번을 혼자 쿨럭거렸다. 아무도 웃지 않았다. 식은땀이 났다. 방금 한 행동의 진정한 의미를 서서히 깨달은 나는 천천히 달아오르는 얼굴을 의식하며 죄인처럼 고개를 푹 수그리고 앉아 어서 시간이 흐르기만을 기다렸다. 결과적으로 선생님을 비웃은 건 나인데 죄책감과 더불어 수치심을 느끼는 것 역시 내 몫이었다.

상대는 나처럼 순진하지 않았다. 선생님은 미간을 잠시 찌푸렸을 뿐 아무 일도 없었다는 듯 능숙하게 다음 주제로 넘어갔고, 학생들 역시 아무것도 듣지 못했다는 듯 당혹감을 감추고 조금씩 틀어지는 자세를 바로 세우며 수업을 따라가기 바빴다. 시간의 흐름에 자연스럽게 섞여 들어가지 못한 나의 자의식만이 그 순간을 떠나지 못한 채로, 무엇이 잘못됐는지, 그 잘못을 다시 되돌릴 순 없는지를 골똘히 되짚어갈 뿐이었다. 약간의 짓궂은 농담을 하려던 내 의도와 달리 상황은 마치 내가 정말로 선생님을 하찮은 인간으로 여겨왔었고, 그 어두운 속내를 은연중에 모든 이들 앞에서 들켜버리기라도 한 것처럼 정리되었다. 그 작은 사건 이후로 나는 선생님과 마주치는 것을 기피하게 되었고 수업에도 점차 나가지 않았으며 영화학교에 다니는 일에도 곧 흥미를 잃어 얼마 지나지 않아 자퇴서를 쓰고 학교를 그만뒀다. 내가 나가지 않으면 학교에서 조만간 나를 쫓아낼 거라는 소문이 돌던 무렵이었다. 나는 퇴학생이 되기보다는 자퇴생이 되어 떨어질 길 없는 명예를 지키는 쪽을 선택했다. 그 뒤 우연한 기회로 광고 촬영팀의 조명 스태프로 들어가 몇 년간 바삐 돈을 벌었고, 더 많은 시간이 흐른 뒤엔 그조차도 그만두고 무언가를 찍는 삶과는 영 멀어진 인생을 살았는데, 그와는 상관없이 어느덧 잠에서 깰 때마다 매번 그때 그 수업에서의 가르침을 떠올리는 사람이 되어 있었다. 영원히 시시한 아침의 순간으로부터 하루를 시작하는 영화 속에 갇힌 인물처럼 말이다. 오늘도 별 볼 일 없이 시작해버리고 말았군, 하고 투덜대며. 그건 내 의지와는 상관없이 벌어지는 일이었다. 그리고 이어지는 생각은, 만약 그날 그 순간에 내가 선생님을 비웃지 않았더라면, 그저 마음속에서만 그의 실패를 되새겼더라면, 시체라든가 나체라든가 미녀라든가 하는 말을 그냥 들어 넘겼더라면, 정말 그랬다면 영화학교를 중간에 그만두는 일도 없었을 것이고, 다른 학생들과 마찬가지로 제대로 된 졸업 작품을 만든 다음 몇몇 영화제에 출품한 뒤 뜨뜻미지근한 반응을 얻으며 기뻐하고 실망하다 그럭저럭 프로 영화계에 진입하여, 주인공이 아침에 눈을 뜨는 흔하디흔한 장면으로 시작하는 또 다른 평범한 영화들을 생산해내는, 그러니까 원래 내 것이었어야 하는 그런 삶을 어쩌면 살 수 있었을지도 모른다는 가정을 끝도 없이 반복해보곤 하는 것이었다.

○ ○ ○

어느 주말 아침.

힘든 꿈을 꾸고 일어났다. 그대로 멍하니 누워 있다가 꿈의 내용을 잊어버릴까봐 흐린 눈으로 책상 위를 더듬어 노트를 찾아 펼친 다음 몽롱한 상태에서 급히 꿈을 기록해두었다. 그러고선 얼마간 그걸 잊고 지냈는데 친구와 이야기하던 중 문득 그 메모가 떠올라 한참 후에야 쓴 걸 꺼내어 다시 들여다보았다. 바람에 날리듯, 사선으로 마구 휘갈겨 쓰인 글자를 알아보는 게 쉽지 않았다. 내가 쓴 것인데도.

꿈속에서 나는 현무를 추모하는 행사 — 영화제 — 에 갔었는데 언젠가부터 현무와 소진이 나와 동행하고 있었다. 그렇다. 잘못 쓴 게 아니다. 죽은 현무도 함께였다. 우리 셋은 같은 대학에 다녔지만 학교 안에서 안면을 트진 않고 캠퍼스에서 멀지 않은 문화센터에서 정기적으로 열리는 사진 세미나에 참여하면서 알게 되었다. 사진 세미나에서는 수전 손택과 존 버거, 발터 벤야민과 롤랑 바르트처럼 당시에는 이국적으로 느껴졌던, 그러나 지금은 내 가장 오랜 친구보다도 더 친밀하게 느껴지는 이름의 저자들이 쓴 이론 서적을 함께 읽어나갔다. 세미나에 참가하는 사람들은 종종 소모임처럼 삼삼오오 모여 야외 출사를 나가기도 했고 나 역시 막내외삼촌이 젊은 시절 쓰다가 허물 버리듯 남겨두고 떠난 니콘 FM2 필름 카메라를 내 것인 양 둘러메고 예술가라도 된 것처럼 허세를 부리며 모임에 참석했다. 나와 달리 현무나 소진은 세미나 활동에 좀 더 진지하게 임했고 때로는 깜짝 놀랄 만큼 지적인 발제문을 발표하기도 했는데, 그런 것과는 상관없이 우리 셋 다 그곳에서는 다 애송이 취급을 받았던 것 같고 그걸 눈치조차 못 챌 정도로 어렸던 것 같긴 하지만 그땐 우리가 다른 직장인 수강생들과 마찬가지로 복잡하고 고단하고 남들에게 설명하기 힘든 사연 가득한 삶을 살고 있다고 느꼈다. 학과가 달랐던 우리는 약속이라도 한 것처럼 학교 안에서는 서로를 거의 모른 척했고—마치 그것이 우리의 '외부 세계'를 더 특별하게 만드는 의식이기라도 한 것처럼—세미나가 있는 날에는 공식 일정이 끝난 뒤 근처 카페나

주점에 따로 모여 그때 그곳이 아니라면 아무에게도 하지 않았을 얘기들을 나눴다. 이를테면 가족 문제, 남몰래 앓는 병, 어렸을 때 흠모했으나 우리에게 잔인했던 사람들……. 말로 꺼낼 수 없는 더 복잡한 마음들에 대해서는 시나 소설이라곤 할 수 없겠지만 그와 비슷한 종류의 글들을 끄적거린 후 함께 돌려 읽었다. 우리는 누군가를 기다리기라도 하는 것처럼 차와 커피, 디저트류를 인원수보다 많이 주문해놓고 몇 시간이고 눌러앉아 하염없이 시간을 보냈다. 현무는 영국 신사처럼 언제나 뒤로 물러서서 나와 소진에게 좋은 자리를 양보해주었다. 발제를 위해 밤샘이라도 한 다음 날이면 면도를 하지 못해 턱에 거뭇한 수염이 자라 있었고 나는 현무의 옆얼굴을 훔쳐보며 남자가 된다는 건 어떤 느낌일까를 생각했다. 언젠가 이 아이를 좋아하게 될지 모른다는 것도. 그러나 영원할 것 같았던 그 모임은 단지 몇 계절만이 지속되었을 뿐이었는데, 그건 현무가 어느 봄날 스스로 세상을 저버렸기 때문이었다.

다시 꿈 얘기에 집중해보자면, 꿈속에서 나는 추모

영화제에 참석하고 있었다. 죽은 현무를 기리기 위해 현무와 관련된 영화들을 모아 트는 영화제였는데 이상하게도 어느 순간 나는 현무와 함께였고 소진도 곁에 같이 있었다. 영화제는 꽤 성황인 듯 북적거렸고 어딘가 무게가 없는 듯한 꿈 특유의 느낌이 전반적으로 깔려 있었는데 당연하게도 나는 내가 꿈속에 있다는 생각은 전혀 하지 못했고 그저 안개 속에 잠긴 듯한 답답함에서 영영 빠져나가지 못할 것만 같다는 우울한 감정에 잠겨 있었다. 영화 상영 1부가 끝나고 중간에 인터미션이 약 십오 분 정도 마련됐다고 해서 우리 셋은 조용히 극장을 빠져나와 바깥 공기를 쐬며 좀 걷기로 했다. 우리는 방향을 정하지 않고 무작정 거리를 걷다가 잠시 멈춰 담배를 피웠다. 얼마 걷지 않았는데 모르는 곳에 도착해 있었다. 주변은 황량해서 나도 모르게 디트로이트라든가 클리블랜드 같은 미국 중서부의 어느 몰락한 중공업 도시에 온 것 같다는 인상을 받았는데, 그건 아마도 현무가 죽기 몇 달 전쯤 미국에 있다는 친척에 관한 얘기를 얼핏 흘렸던 기억이 변형되었으리라 추측됐다. 그렇지만 꿈속에서도 그렇게 생각한 건 아니었고, 우리가 서 있던 곳이 실제로 내가 떠올린 장소를 반영하지도 않았었다. 오히려 그곳은 현무가 좋아하던 짐 자무쉬 감독의 「천국보다 낯선」이나 「영원한 휴가」가 촬영된 영화 로케이션에 더 가까웠고 어딘가 텅 비어 있고 단조롭고 빛바랜 무채색 톤의 배경 속에 우리 셋을 적당히 보기 좋게 배치하여 쓸쓸히 서 있도록 한 인공적인 느낌이었다. 우리가 걷던 인도 옆으로는 끝없이 넓은 공터가 펼쳐졌고 보도와 공터 사이에는 감옥이나 학교에서 볼 법한 높다란 검은 철조망이 세워져 있어서 우리의 발걸음에 맞춰 새롭게 울타리가 만들어지며 따라오는 듯했다. 알지 못하는 어느 순간부터 소진은 뒤처지고, 그러니까 아예 처음부터 존재하지 않았던 것처럼 없어져버리고 현무와 나 둘이서만 남아 타박타박 길을 걸었다. 평소와 다름없이 그를 대해야지 생각하면서도 어쩐지 마음 한편으로 현무의 존재가 무섭고 두려운 마음이 들었다. 현무가 다시 우리 곁에 와 있다는 사실을 어떻게 받아들여야 할지 난감했다.

나와 현무는 다시 멈춰 두 번째 담배를 끝까지 다

피우고 나서 걸음을 옮겼다. 이번에는 서로 간격을 떨어뜨리고 걸어갔다. 내 쪽에서 은근히 거리감을 유지하려고 긴장하는 형국이었다. 상대에게 다정히 굴면서도 속내를 들키지 않게 숨기며. 나는 곁눈질로 현무를 관찰했다. 그 애는 머리에 새치가 난 것 같기도 하고 약간 늙어버린 것도 같았는데 전체적으로는 홀쭉해진 인상이었다. 현무가 왜 홀쭉해졌는지 나는 알 수 있었다. 모를 수가 없었다. 둘만 있을 때 종종 그랬던 것처럼 현무는 무언가 계속 말을 했다. 보통은 과묵한 편이었지만 무언가에 꽂히면 들뜬 상태로 몰입하여 그 주제만을 떠들어댔다. 제발 멈춰,라는 기분이 들 때까지 끊임없이 지껄였다. 여느 때라면 이제 좀 그만하라고 중간에 짜증을 냈을 법도 한데, 나는 현무가 걱정돼서 아무 말도 하지 못하고 그저 듣기만 했다. 아니, 현무와 함께 있는 내 상황이 걱정됐다고 표현하는 쪽이 더 솔직한 태도일까. 추모를 위한 행사에 죽은 당사자가 참석해도 정녕 괜찮은 것인지 꿈속의 나는 의문을 품고 있었다. 영화를 보러 온 추모객들이 현무를 목격하면 어떻게 대응해야 하지? 난 그들에게 뭐라고 설명해야 하나? 인터미션 중이니 이때를 틈타 몰래 빠져나가기라도 할까? 나는 안절부절 고민하면서 현무와 계속 걸었다. 정말이지 이건 이상한 산책이라고 생각하면서.

꿈은 명확한 엔딩이랄 것에 미치지 못하고 흐지부지 끝난 듯하다. 내가 휘갈긴 메모는 내적 갈등을 일으켰던 바로 그 순간에 이르러 중단되었다. 노트에 써두진 않았으나 지금까지 기억하는 전개는 다음과 같다. 나의 근심은 어느덧 방향을 달리했다. 현무가 나와 함께 극장으로 돌아가지 않고 이대로 집으로 돌아가버린다면, 그렇다면 내가 현무의 미니홈피 방명록에 격정적으로 남긴 비밀 글—죽은 현무를 그리워하는 내용—을 당사자인 현무가 모두 다 읽을 텐데, 그럼 어떡하지. 고조된 톤으로 쓴 문장이 떠오르자 금세 아찔해져서 나는 남은 2부를 포기하고 곧장 집으로 돌아가서 그 글을 몽땅 지워야겠다고 결심했다.

기억으로 각색된 꿈속에서, 영화 같은 풍경 속의 황량한 거리에서, 나는 문득 발걸음을 세워 멈췄다. 현무는 그에 아랑곳하지 않고 그대로 자기 속도로 앞으로 나아가서 순식간에 나로부터 한참이나 멀어졌다. 너는 도대체 여기서 뭘 하는 거니. 어째서 다시 돌아올 수 있었어! 나는 어떤 감정을 느껴야 할지 혼란스러운 상태로 현무의 무거운 뒷모습을 바라볼 뿐이었다.

쫓겨나듯 잠에서 깨어났을 때는 꿈과 현실이 분간되지 않는 수십 초가 지속됐고 좀 멍하기도 하고 슬프기도 하고 어쩐지 한기가 느껴지는 듯도 해서 이불을 뒤집어쓴 채 가만히 몸을 웅크리고 한동안 누워 있었다. 그리고 곧, 현무가 죽은 지 두 달하고도 일주일이 흘렀다는 현실에는 아무런 변화가 없음을 깨달았다.

ㅇ ㅇ ㅇ

오후에 습관처럼 싸이월드에 접속했다. 두 달이 넘도록 나는 현무의 미니홈피를 수시로 들락거리며 지난 시간을 반추했다. 무언가를 해석해내야 한다는 의무감이 있었다. 이해하고 싶다는 느낌 같기도 했다. 함께 출사 갔던 장소에서 촬영한 것이 분명한 초점이 맞지 않는 풍경 사진들과 단체 사진 속에서 어색할 정도로 활짝 웃고 있는 현무의 얼굴 등을 유심히 들여다보거나, 우울하고 시적이고 다소 상투적이기도 한 한 줄짜리 단상들을 반복적으로 읽으며 현무가 무심코 보내오던 어떤 신호들을 내가 미처 해석하지 못하고 그냥 흘려보낸 것은 아닌지를 되짚어갔다.

그날은 예상했던 화면이 나오지 않았다. 현무의 이름을 클릭하자 처음 보는 경고문이 떴다. 탈퇴한 회원입니다. 탈퇴한 회원입니다. 탈퇴한 회원입니다. 탈퇴한 회원입니다. 아무리 눌러도 미니홈피는 나오지 않았다. 없었다. 언제까지고 그 자리에 있으리라 믿었던 현무의 흔적은 이미 증발해버린 뒤였다. 아마도 가족들의 의지가 개입됐을 것이었다. 내 것과는 비교조차 할 수 없을 거대한 슬픔을 감당해야 하는 사람들. 내가 경험하지 못한 더 큰 상실들. 더 나중이 되어서야 나는 과태료를 물지 않기 위해, 그리고 그렇게 해야만 하니까 정해진 기간 안에 주민센터에 가서 사망신고를 하고 은행이나 학교, 휴대폰 통신사 등을 돌며 서류를 내밀고 반복적으로 계약 종료를 신청하는 누군가의 상실을 상상해볼 수 있었다. 하지만 그때만큼은 내 일부가 강제로 삭제되기라도 한 것처럼, 삶의 가장 중요한 부분이 잔인하고 부당하게 도려내진 것처럼 누군가를 책망하고 싶은 마음뿐이었다. 미니홈피의 내용을 샅샅이 살필수록 내가 현무를 전혀 모르고 그와 나는 아무 사이도 아니라는 사실만이 명백해졌는데도 그랬다.

현무의 장례식이 열리고 며칠 뒤쯤 학교 캠퍼스에서 우연히 소진을 마주쳤다. 우리는 스스로 깨닫지 못하는 사이 서로 알은척 인사를 나눴고 둘 다 그렇게 한 데서 깊이 상처받았다. 그러나 그 후 다시 예전처럼, 현무가 살아 있었을 때처럼, 서로를 모른 척하고 지나치기 시작했을 때보다 더 상처받진 않았다. 그럴 때마다 소진과 나는 우리의 특별했던 '외부 세계'가 얼마나 빛나고 아름다웠는지, 그리고 그것이 손쓸 도리 없이 영원히 망가져버렸음을 서로의 생생한 존재를 통해 매번 새롭게 상기해야만 했었으므로. 나는 그걸 지금은 이렇게 이해하고 있다. 그때 우리는 일종의 공범이었다고. 우리는 서로가 모르는 것을 상대가 더 알고 있을까봐 두려워하고 있었다고.

○ ○ ○

사실 나는 미래의 어느 한 시절을 살아가고 있다고 느낄 때가 가끔 있다. 나이가 들수록 그 느낌은 더 설득력을 얻고 현실적인 감각으로 다가온다. 그저 인생을 내 속도대로 살았을 뿐인데 '세계'라는 이 복잡한 기계는 내가 모르는 사이 나보다 훨씬 더 빨리 구동해버려서 거대한 미래의 가상 세계를 만든 다음 유튜브 같은 손쉽게 접근할 수 있는 매체를 통해 자신의 실체를 부분적으로 슬쩍슬쩍 드러내 보여준다는 가설을 세워보기도 한다. 물론 이런 생각이 유튜브를 볼 때만 드는 건 아닐 테지만 피할 수 없이 중독돼버리는 쇼츠 영상을 기계적으로 넘기다보면, 그리고 유명인들의 '리즈 시절' 영상을 우연히 클릭하고 거기에 한없이 빠져들게 되면, 여지없이 내가 가보지 못한 미래의 어느 한 시점을 앞서 경험하고 있는 듯한 착각이 일곤 했다. 위노나 라이더와 케이트 윈슬렛, 조니 뎁과 브래드 피트와 레오나르도 디카프리오에 이르기까지 내가 어렸을 때 좋아하던 할리우드 스타들이 순식간에 ―불과 수초 사이에 ―내 머릿속에 단단히 각인된 그들의 리즈 시절로부터 이삼십 년의 세월을 훌쩍 뛰어넘어 어딘가 모르게 낯선 중년의 인물이 되는 것을 목격한다. 쇼츠 영상은 일련의 사진 ―현재라는 3차원의 단면을 2차원의 이미지로 변환한 것―을 연속적으로 이어 붙여 만든 화면일 뿐이니 기술적으로는 새로울 게 전혀 없는데도 불구하고, 나는 도무지 이해할 수 없는 언어로 조각된 시간의 형상을 관람하고 있는 듯한 묘한 감정이 들었다. 어쩐지 보면 안 되는 것을 보아버렸다는 기분이 들기도 한다. 우연히 도착한 이 미래 세계에서는 과거가 끊임없이 소환되며 절대 사라지지 않는다. 도무지 익숙해지지 않는 현상이다. 우리가 '시간'이라 부르는 것 ―즉 과거, 현재, 미래의 총합 ―은 인간이 만들어낸 환상에 불과하다는 과학자의 주장도 이제 와선 무슨 뜻인지 모를 것도 없겠다는 생각이 든다. 나는 단지 기억이라는 망상에 엉겨 붙은 채 살아가는 의미 없는 열에너지 덩어리에 불과할지도 모른다. 쇼츠 따위나 몰아 보며 시간을 죽이는. 그리고 그것은 빠르게 소진되는 중이다. 나이가 들수록 시간은 점점 더 빨라지고 나는 더욱더 가속하여 미래로 다가가고 있다. 그런 생각에 물들어 있다 보면 조금 울적한 기분이 되어버리곤 하는데, 그럴 때마다 나는 나이 듦을 경험하지 못하고 일찍 세상을 떠난 과거의 사람들—리버 피닉스와 커트 코베인과 실비아 플라스와 전혜린과 차학경과 최영숙과 기타 등등—을 떠올리며 리즈 시절과 비교당하는 굴욕도 행운이 따라주어야만 가능하다는 세상의 이치를 새삼 떠올렸다.

◦ ◦ ◦

지난봄, 전시를 보러 미술관에 갔고 벽에 붙은 월텍스트로 이상의 시를 만났다. 그의 다른 많은 시처럼 내가 모르던 글이었다. 그것은 어째서 그때 그 장소에 나타났을까? 나는 의아해하며 기록용으로 사진을 한 장 찍었다. 젊어서 죽은 시인은 다음과 같이 적었다.

"미래로달아나서과거를본다, 과거로달아나서미

래를보는가, 미래로달아나는것은과거로달아나는 것과동일한것도아니고미래로달아나는것이과거로 달아나는것이다.”

ㅇ ㅇ ㅇ

요즘 내 취미는 어렸을 때 봤던 영화를 다시 보는 것이다. 얼마 전엔 「원더 보이즈」를 재관람했다. 그 영화는 커티스 핸슨 감독이 「LA 컨피덴셜」을 만든 후, 그리고 「8마일」을 만들기 전에 연출한 작품이다. 마이클 더글라스가 연기하는 주인공 그래디는 소설가이자 소설 창작을 가르치는 대학교수이며 칠 년째 신작을 완성하지 못하는 상태다. 그가 쓰고 있는 소설은 무려 2,600여 페이지에 달하는데, 종이 박스 세 개에 꽉 채워 담을 만큼 많은 분량의 원고임에도 결말을 내지 못한 형편이다.(참고로 20세기에 만들어진 영화다.) 토비 맥과이어가 분한 또 다른 주요 인물이자 소설 창작을 전공하는 대학생인 제임스는 자살한 유명인의 사망 날짜와 정확한 시각과 사유를 줄줄 읊을 수 있는 '남다른 재능'을 소유한 괴짜 천재 작가 지망생으로 묘사된다.(남자가 천재 되는 건 이토록 쉽다.) 토비 맥과이어는 그가 가장 빈번하게 캐스팅되곤 하던 범생이 남학생 타입을 연기한다. 제임스는 그래디 교수에게 반한 스물한 살짜리 여자아이를 짝사랑하는 듯한데, 언제나 그렇듯 소설을 가르치는 대학교수가 등장하는 영화에는 그를 흠모하는 여학생이 나오는 법이다.(나는 교수를 짝사랑하는 학생을 연기하는 케이티 홈즈의 리즈 시절 영상이 유튜브에 올라와 있는지 찾아본다.) 그렇다고 영화 속에 나오는 여자아이들이 모두 주인공 교수에게 반한다는 말은 아니다. 교수에게 반하지 않는 아이들은 대부분 상대방의 소설을 헐뜯지 못해 안달인, 성질이 고약한 여자아이로 묘사된다. 그 애들은 대개 안경을 쓰고 빨간 머리에 예쁘지 않으며 끔찍하게 민감하고 또 정치적으로는 진보 성향인 페미니스트일 확률이 높다. 또한 빼놓을 수 없는 그들만의 특징은 유난히 화가 나 있다는 사실이다. 그들이 등장하는 장면은 거의 찰나에 불과하지만 나는 순간적으로, 나도 모르게, 그들에게 감정이입을 하고 만다. 그 아이들에게서 나를 발견하는 것이다. 합평받는 소설로 난도질당하며 내상을 입는 내향적인 주인공과 맞먹는 강도로 나는 그 여자아이들에게 신경이 쓰인다. 그때부터 '미래'의 나는 '과거'의 나에게 신호를 보내고 있었던 걸지도 모른다. 자, 어서 소설을 쓰렴. 어서. 영화에서 빠져나와 소설을 써. 그게 바로 네가 있을 곳이야.

◦ ◦ ◦

어느 날인가 문체가 남자 같다는 '칭찬'을 받은 적이 있었다. 그 말을 곱씹어보기도 전에 일단 기뻤(고 곧바로 죄책감이 들었)다.

◦ ◦ ◦

정독도서관으로 출근하는 길이었다. 오후였고, 날씨가 화창했다. 그즈음엔 도서관이 일터나 다름없었기 때문에 나는 종종 다른 사람들은 이곳을 관광지로 받아들인다는 사실을 매번 잊어버리곤 했다. 길은 평일인데도 사람들로 북적거렸다. 새로 생긴 베이커리 덕분에 윤보선길은 초입부터 관광지 분위기가 물씬 풍겼다. 안국역 1번 출구 일대를 채우는 기분 좋은 버터 냄새를 뒤로하고 도서관까지 이어지는 야트막한 오르막길을 십오 분가량 걸어가다보면 반짝이 장식이 붙은 국적 불명의 한복을 입은 외국인 관광객 무리를 하나 정도는 스치게 마련이고 그러다보면 잠시지만 내가 어느 외국의 익숙한 도시를 걷고 있는 듯한 기분에 사로잡힌다.

이 일대는 오랫동안 내게도 기분전환을 위해 방문하는 장소로 여겨졌다. 방금 내가 오랫동안이라고 쓰긴 했지만 그것은 사실상 체감상의 시간일 뿐이다. 이십 대 초중반, 그러니까 고작 삼사 년 정도, 나는 미술관 지하에 있는 영화관에 가기 위해 자주 이 동네를 찾았다. 그때의 나를 한마디로 설명하자면 '영화를 보러 다니는 평범한 여자아이'라 할 수 있을 것이다. 나는 다른 할 일—예컨대 수업을 듣는 것—을 제쳐두고 영화를 보러 다녔다. 그때는 뭔가 대단한 일을 하고 있다는 착각에 빠져서 필름으로 상영하는 유명한 감독들의 영화를 '도장깨기' 하듯 챙겨 봤다. 그렇게 젊었는데도 말이다. 그 많은 시간을 들여 지하에 틀어박혀 영화를 보았다. 때로는 계단에 쭈그리고 앉아서 보기도 했고, 하루에 세 편을 연달아 관람하기도 했다. 물론 그 모든 순간에 깨어 있지는 않았다. 상영되는 영화들은 이미 늙었거나 더 이상 세상에 존재하지 않는 사람들이 젊은 시절 만든 것이었다. 그들은 대부분 남자들이었다. 백인이고, 유럽에 사는 유명한 남자들, 서로가 서로를 사랑하고 존경하는 남자들, 무리를 지어 스스로를 전설로 만들었던 남자들, 왜소한 몸과 추한 얼굴로도 수많은 여성 편력을 자랑하던 그런 불가사의한 남자들, 그리고 루이스 자네티의 『영화의 이해』에 나올 법한 거대한 이름들이었다. 그 시절, 나는 그들을 얼마나, 그래 얼마나 사랑했던가. 나는 '엄마와 창녀' 같은 제목에 수치심을 느끼면서도 열렬히 그들을 동경했고, 기꺼이 내 시간과 열정을 바쳤다. 이런 제목을 언급하면서 아무런 수치심도 느끼지 못하는—느낄 필요 없는—한 무리의 남자들을 부러워하면서.

이제 도서관으로 출근한 지도 벌써 두 달이 다 되어가고 있었다. 도서관에는 온갖 사람들이 와서 시간을 보내고 그중 몇몇은 수상할 정도로 자주 출몰하는데 나도 그들 중 일부가 되어갔다. 여기서는 각자만의 할 일이 있고 서로를 모른 척해야 한다. 초반에는 직장에서처럼 나도 모르게 마주치는 사람들에게 묵례하곤 했는데 그런 내 버릇이 이곳에서는 꽤 별난 취급을 받는다는 걸 깨달았다. 한번은 항상 마주치는 장소가 같았던 한 중년 여자에게 말없이 고개를 숙이며 인사했더니 갑자기 들고 있던 양산을 요란하게 펼쳐 자신을 보호하듯 그 뒤로 몸을 숨겼다. 어이없게도 내가 그녀의 점심 식사를 훔쳐 갈지 모른다는 의심을 품은 듯했다. 중간 프로세스를 잘 이해할 수 없었지만 나는 새로운 공간의 새로운 룰에 익숙해질 필요가 있었다. 일시적이었기에 그것은 퍽 즐거운 일이었다. 지난달부터 나는 안식년 제도를 활용해서 일 년 동안의 무급 휴직을 신청했다. 퇴사를 고민한 게 몇 년 됐지만 그저 바라기만 할 뿐 차마 용기를 내진 못했는데, 노조가 생기고 나서 취업규칙이 개선되었고 안식년 제도라는 것이 생겨났다. '존버'의 승리라고나 할까. 오 년 이상 장기 근무한 직원에 한해 원한다면 무급으로 최대 일 년까지 자기 계발을 위한 휴식 기간을 가질 수 있다는 공지를 받았다. 병가나 간병, 육아휴직 같은 사유가 아니라 '자기 계발'이라니. 노조에 가입하지 않은 나 역시 그런 혜택을 똑같이 받을 수 있게 됐다는 게 믿기지 않아서 나는 그 꿈같은 단어를 여러 번 확인하며 새로 바뀐 취업규칙 조항을 수차 읽었다. 실상은 무급휴직이라서 그 제도를 이용하려는 사람이 아무도 없었으며 내가 그 제도의 첫 수혜자가 되는 셈이었지만 말이다. 사실 무급 상태로 일 년을 지낸다는 건 내게도 상당한 부담이었다. 그러나 얼마 전 돌아가신 외삼촌에게서 약간의 현금—딱 일 년을 버틸 수 있는 돈—을 상속받게 되면서 입장이 전혀 달라졌다. 외삼촌—FM2 카메라의 원주인—은 엄마의 아픈 손가락 같은 형제였는데, 어릴 적 내가 그를 무척 따랐다고는 하나 초등학교에 들어간 이후로 만난 적이 없었으니 나는 그의 죽음에 슬픔조차 거의 느끼지 못하고 무감했다. 외삼촌은 결혼도 하지 않고 베트남인지 캄보디아인지로 넘어가 사업을 하다가, 또 감옥에 도 몇 번 들락거리면서 어머니를 제외한 다른 형제와는 일찌감치 연이 끊겼고 가족의 장례식에조차 나타나지 않았는데 어쨌든 그 자신이 죽은 후에 연락할 만한 혈육이라고는 나밖에 남지 않은 것도 사실은 사실이었다.

언젠가 내가 외삼촌에 관한 글을 쓰게 될 거라고 소진이 예언한 적이 있다. 그에 대해 나는 비관적인 입장이었다. "글쎄, 그 사람은 나한테 별달리 상처를 준 적이 없는데. 글로 쓸 만한 감정이 생길 것 같진 않아." 내가 심드렁하게 대꾸하자, 소진은 나를 어린애 보듯 굽어보며 전혀 그렇지 않다고 반박했다. "생각해 봐. 네 어머니가 그분 때문에 겪어야 했던 그 무수한 고초를 말이야. 학교 선생님으로 살면서 그런 경험을 할 사람이 도대체 몇이나 되겠어? 태주 넌 어떻게 그런 걸 모르니?" 정색하던 소진의 얼굴이 인상적으로 기억에 남은 걸 보니 나는 어느 정도 그의 말에 수긍했던 걸지도 모른다. 그러나 그렇다 하더라도 언젠가의 미래에 반드시 쓰일 이야기라는 건 외삼촌에 관해서라기보다는 나의 어머니에 대한 글이 될 터였다. 어머니는 나이 차가 많이 나는 남동생을 무척 아꼈던 것 같다. 때론 자식보다 더. 그가 술을 너무 많이 마셔서 사십 대에 불과한데도 위아래 치아를 몽땅 잃고 말았다는 소식을 전하며 슬픔을 가누지 못하던 그녀를 기억한다. 그 앞에서 나는 외삼촌에 대해 아무런 연민의 감정도 느끼지 못하고 덤덤히 듣고만 있었었다. 그런 내 무심함은 외삼촌과 의식적으로 거리를 두고 싶은 오래된 습관에서 기인했다. 교육자 집안에서 유일하게 예술가병에 걸린 기이한 돌연변이. 끝끝내 이상을 좇으며 방황하다 갑자기 엉뚱한 진로로 튀어나가 완전히 인생이 어그러진 사회 부적응자. 혹여 나에게서도 그런 기질을 발견할까봐 어머니가 항상 조바심 내던 걸 알고 있었고 그녀는 그런 마음을 내게 숨기지 않았다. 나는 떠나간 외삼촌을 닮지 말아야 한다는 강박을 은연중에 실천하려던 걸지 모른다. 반항하다가도 어떤 경계 지점에 이르러서는 보이지 않는 줄이라도 목에 걸려 있는 것처럼 더 이상 바깥으로 나가지 못하고 이내 온순한 개처럼 어머니 곁으로 돌아가곤 했으니까. 그런 가족사가 없었더라면 더 알 수 없는 방향으로, 더 먼 곳으로 진로를 정했으리라 믿어 의심치 않는다. 아무튼, 아이러니하게도 나는 어머니 평생의 아픈 손가락이었던 그녀의 곤혹스러운 형제가 남겨준 유산 덕분에 '자기 계발'을 위한 안식년을 가지는 팔자 좋은 일 년을 보낼 수 있었고, 그 기이한 행운의 해를 온전히 소설을 쓰는 데에 바칠 계획이었다. 그러니까, 본격적인 소설 말이다. 유행을 타지 않으며 누구도 얕잡아 볼 수 없는, 진짜 삶과 겨룰 수 있는 아주 견고한 이야기를. 나는 집필을 위한 준비 작업이랍시고 두 달 가까운 시간 동안 지난 삶을 돌이켜보고 내게 상처 준 사람들의 리스트를 작성하고 그들이 내 인생에 미친 영향과 상흔을 옛날 탐정들이 그러했던 것처럼 가만히 한자리에 앉아 머릿속으로 곱씹으며 흩뿌려져 있는 낱낱의 에피소드를 의미 있는 서사로 발전시켜보고자 골몰했다.

그러나 많은 시간을 내가 어쩌다 소설가가 되었는지를 생각하는 데에 바쳤을 뿐이다. 그건 우연하고도 예측하지 못한 사건이었다. 작년에 나는 영화학교에 다니던 시절 장난처럼 끄적거린 영화 트리트먼트를 개고하여 쓴 첫 번째 장편소설로 작은 상을 받았다. 그 공모전은 상금이 0원이었지만 시상식이 끝나자마자 곧바로 수상작을 단행본으로 출간해주는 형식이었는데, 교정을 보는 와중에 내 소설이 이래저래 문제투성이의 원고라는 것을 깨달았다. 초보자가 할 수 있는 실수란 실수는 모조리 다 응축해놓은 느낌이었다. 솔직히 이런 걸 출판한다고? 하는 심정이었다. 그래도 어찌 됐든 내 이름이 박힌 책을 한 권 출간하고 보니, 별로 책이 팔리지는 않았(고 그게 다행스러웠)지만 정말이지 작가가 되고 싶다는, 진짜로 소설을 써봐야겠다는 생각이 비로소 들었고 좀 더 큰 이야기에 도전하고 싶다는 욕심이 생겼다.(나는 필명을 새로 만들 계획이었다.) 소설은 이래저래 품이 많이 드는 영화와 달리 내가 상상해서 쓰기만 하면 그만이라는 점이 크게 자극이 됐다. 제작비라든가 캐스팅, 로케이션 같은 현실적인 제약을 뛰어넘어 내 멋대로 이야기를 지어낼 수 있는 것이다. 이 무한한 세계 앞에서, 일 년 동안 빈둥거리면서, 아무런 생산적인 일을 하지 않으면서,

글이 잘 안 써진다는 속 편한 걱정만을 투덜댈 수 있는 한가하기 짝이 없는 시간을 나는 내게 선물하기로 결심했다. 실직한 가장이라도 된 것처럼 나는 하릴없이 매일 도서관으로 출근했고 그제야 내가 있을 진정한 위치를 찾았다는, 무언가 인생이 제대로 굴러가기 시작했다는 강렬한 확신을 느꼈다. 물론 그런 행복감은 그다지 오래 지속되지 않았지만 말이다.

첫 한 달은 아무것도 쓰지 못했다. 한 문단조차. 그래도 마음이 평화로웠다. 새로운 생활에 적응하는 기간이니 서두를 필요가 없었다. 쓸 수 없는 대신 나는 얼마든지 책을 빌릴 수 있었다. 매번 도서관에서 대출 가능한 최대 권수인 일곱 권을 꽉 채워 책을 대여하기로 마음먹었다. 한꺼번에 일곱 권을 잔뜩 짊어지고 다니진 말고, 그때그때 사고 싶었던 책을 온라인 서점 장바구니에 넣어두었다가 도서관에 갈 때마다 그중 두세 권, 혹은 서너 권씩을 데려올 계획이었다. 그러니까 항시적으로 반납 날짜가 들쭉날쭉한 책 일곱 권을 대출하면서 루틴을 유지하는 것이다. 언제나 다급하게 나의 관심을 촉구하는 책들이 있었다. 그 책들을 손에 넣지 않으면, 그럴 수 있을 때까지 나는 안절부절못했다. 서가 앞에 서면 어떤 책에 우선권을 줘야 할지 고민에 빠졌다. 너무나도 많은 관심사가 내 손을 타려고 아우성치고 있었다. 글을 쓰려 할 때는 조금도 꿈쩍거리지 않는 게으른 뇌세포들이 서가 앞에서는 재깍 활성화되어 나를 이리저리 끌고 다녔다. 대개 표지나 서문 정도만을 겨우 펼쳐볼 뿐이었지만 나는 탐욕스럽게 책을 원했다. 그렇게라도 잠시 책의 실물을 소유하게 되면 그 책을 사고 싶다는 욕구가 잠잠해졌고, 그런대로 잘 살고 있다는 기분을 느낄 수 있는 상태가 되었다. 여태껏 단 한 줄도 쓰지 못했다는 사실은 망각한 채로.

ㅇ ㅇ ㅇ

직장과 마찬가지로 도서관 역시 매일 나가다보면 그곳이 세상의 중심 같다는 생각이 들곤 한다. 나는 정독도서관이 시간여행을 할 수 있는 포털이라고 상상해본다. 시간여행을 하려면 특정한 방식으로 시공간에 틈새를 내야 한다. 정문 앞마당에 있는 하얀 분수대는 오전 11시 반부터 오후 3시까지 운영되는데 그 시간 안에 두 사람이 함께 분수대 주변을 시계 방향으로 열다섯 번, 시계 반대 방향으로 열다섯 번을 돌고, 정문을 마주한 곳에 멈춰 서서 손을 마주 잡고 눈을 감은 채 숫자를 일부터 열다섯까지 소리 내어 세고 눈을 동시에 뜨면 두 사람이 원하는 바로 그 시간대로 순식간에 이동할 수 있다는 사실을 알아차린 사람의 이야기를 끄적거려본 적도 있다. 그 이야기에서 관건은 시간여행을 희망하는 두 사람 모두가 시간여행이 가능하다는 것을 철저하게 믿고 절차에 임해야 한다는 점이다. 둘 다 백 퍼센트로 믿지 않으면 시간여행은 이루어지지 않는다. 나는 열다섯 문장 정도를 쓰고 그 소재를 바로 폐기해버렸다.

○ ○ ○

스마트폰이 없던 시절에 만들어진 영화를 보다가 깜짝 놀랐다. 주인공이 길 가던 낯선 사람을 붙잡고 혹시 지금 몇 시인지 아느냐고, 현재 시각을 물어보는 장면에서였다. 낯선 사람은 대수롭지 않게 외투를 걷어 올려 손목시계를 보더니 9시 45분이라고 알려주었다.

○ ○ ○

시내 중심과 가까워서 그런지 정독도서관에 있다 보면 우연히 아는 사람들을 만나는 일도 발생했다. 귀찮은 빈도라기보단 삶의 자극제가 되는 정도였다. Y를 마주친 일도 빼놓을 수 없겠다. Y는 영화학교 선배로 그의 졸업 영화가 권위 있는 해외 영화제에서 수상하며 큰 주목을 받았었다. 그때만 해도 한국 영화가 해외 영화제에서 상을 받는 일이 무척 드물었기에 수상 소식은 9시 뉴스에도 소개가 될 정도로 장안의 화젯거리였다. 그 후로도 십 년 정도는 한국 영화의 미래를 논할 때마다 Y의 이름이 오르내렸다. 그런 배경 때문만이 아니었어도 이십 대의 그는 존재만으로도 찬란히 빛나던 사람이었다. 그야말로 '원더보이'였달까.

Y처럼 생긴 사람을 보자마자 시시한 어른이 된 것

이 나만은 아니라는 그 흔한 사실에 안도했다. 그날은 윤보선길에 있는 카페에서 아침 겸 점심을 먹고 뒤늦게 출근하는 길이었다. 여느 때처럼 관광객으로 붐비는 아름다운 삼청동의 평일 오후가 눈앞에 펼쳐지고 있었다. 무급이지만 이것이야말로 진정한 복지 아닌가, 나는 쾌적하기 짝이 없는 하루의 시작을 만끽하며 천천히 도서관 쪽으로 들어서서 산책을 마무리하듯 마당을 거닐며 등나무 아래를 지나가려던 참이었다. Y는 분수대 맞은편에 혼자 외따로 떨어진 하얀 벤치에 앉아 담배를 피우고 있었다. 걸어가는 사람의 시선에서 약간 빗겨난 공간이라 그냥 지나치려는데 누군가가 나를 불러 세웠다. "조태주, 너 맞지?" 나는 소리가 나는 쪽으로 시선을 돌렸고 바로 알아보지 못했다가 그가 Y임을 깨닫고 순간 얼어붙었다. 상상 속에서 여러 번 재연해봤지만 실제로 그를 다시 만나리라고는, 그것도 몇십 년이 지나 서울 한복판의 도서관 마당에서 이런 모습으로 마주치리라고는 단 한 번도 생각해본 적이 없었다. 그의 이름은 나에게 상처를 준 사람의 리스트 상단에 자리 잡고 있었다. 나는 나의 추레한 복장을 새삼스레 의식하며 약간 주저하듯 그쪽으로 몇 걸음 다가갔다. "오랜만이네." Y가 태평한 얼굴로 자기 옆에 앉으라며 나무 벤치를 가볍게 손으로 두드렸다.

정신을 차리고 보니 나는 궁금하지도 않은 Y의 근황을 열심히 들어주고 있었다. 어째서 이 사람은 이토록 자연스럽게 행동할 수 있는지 의아해하며. 있는지도 몰랐던 그의 아내와 두 딸은 국립현대미술관에서 전시를 관람 중이고 본인은 주차도 할 겸 도서관에서 시간을 죽이고 있다고 말했다. 그는 미술관이 싫다고 질색했다. 특히 현대미술관. 시끄럽고 어두침침하고 — 노안이 시작되었으므로 — 계속 이동하면서 무언가를 봐야 하는 상황이 자길 피곤하게 만든다고 투덜거렸다. 게다가 작품들이 으스대는 것 같은 기분이 들어 영 마음에 들지 않는데, 그게 다 살아 있는 사람들이 만든 작품이라는 점도 관람해봤자 결국 쓸데없는 시간 낭비가 되리라는 게 그의 주장이었다. "몇 년 지나면 몽땅 잊힐 것들을 뭐 하러 들여다보고 있는지 모르겠어. 무슨 의돈지도 모르겠고 그냥 못 만든 다큐

멘터리 영상 같은 작품들만 잔뜩 있잖아." 어느덧 배 나온 평범한 아저씨가 된 Y에게서 한때 내가 좋아하던 그 어떤 특별함도 찾을 수가 없어서 오히려 나는 편해진 마음으로 그의 말을 흘려듣고 있었다. 더 정확히 말하자면, 그저 조용히 놀라고 있었을 뿐이었는지도 모른다. 세월이 인간의 몸에 작용하는 무자비함에 대하여, 그리고 시간만이 선물해줄 수 있는 무뎌짐에 새삼 감탄하며.

어느 시점에선가 내 책 얘기가 나올 줄 알았는데 그러지 않았다. 일부러 하지 않는 것 같기도 했다. 대신 끝도 없이 자기 자랑이 이어졌다. 그게 자랑이 맞는다면 말이다. 그가 힘겹게 대출 이자를 갚고 있는—팬데믹 기간에 두 배가 된—아파트, 새로 산 외국산 전기차, 아는 형의 부탁으로 어쩔 수 없이 연봉을 높여 이직한 회사……. 어느 순간부터 나는 영혼 없이 그의 이야기를 듣고만 있었는데 내가 앉은 방향에서 시선에 멀리 잡히는 쓰레기통이 Y의 얼굴과 나란히 겹쳐 보인다는 사실을 의미심장하게 마음속에 새겨 넣는 중이었다. 파란색 플라스틱 쓰레기통을 나무 기둥

모형으로 덮어씌운 대형 쓰레기통이었다. 그 쓰레기통이 내가 한때 이런 인간 때문에 죽을 만큼 괴로웠다는 사실이 정말 놀랍지 않냐고 묻는 듯했다. 네가, 다름 아닌 지금 그의 말을 들으며 가만히 장단 맞춰주는 너 자신이 바로 그 시절의 너와 동일 인물 아니냐고. 넌 지금 뭘 하고 있는지 알고 있느냐고.

자기 이야기를 한참 떠들어 기분이 좋아졌는지 Y는 속 시원한 표정으로 담배를 한 대 더 피우겠다고 말했다. 그는 옆에 놓여 있던 담뱃갑을 열어 내게도 권하는 몸짓을 했다. 나는 끊었다고 말하며 가볍게 두 손을 들어 거절했다. Y가 낯익은 빛깔의 빨간색 담뱃갑에서 담배 한 개비를 꺼내 입에 물었다.

"말보로 레드?"

내가 나도 모르게 헛웃음을 지으며 묻자, Y는 민망한 표정을 지으며 따라 웃었다.

"아, 이거. 그냥 오늘만 피우는 거야, 오늘만."

"오늘만?"

나는 웃기시네 하고 생각했지만 믿어주는 척했다. 여전하네, 그 후까시는.

"몇 년 만이야. 그거 이리 좀 줘봐."

내가 Y를 향해 손을 내밀었고, 그는 순순히 담뱃갑을 건네주었다. 일부러는 아니지만 Y의 손이 내 손에 살짝 스쳤는데 그게 예전처럼 설레지 않았고 땀이 밴 축축하고 뜨거운 손이 그저 징그럽다는 생각만 들었다. 담뱃갑을 자세히 뜯어보니 말보로 레드에는 특유의 날카롭고 각이 서 있던 까맣고 큰 영문 레터가 더 이상 보이지 않고 옅은 그림자처럼 희미한 자국 정도로만 Malboro라는 글씨가 새겨져 있을 뿐이었다. 그리고 박스 상단에 '치아변색'이라는 굵고 못생긴 고딕체의 경고 표어가 시커멓게 변색된 누군가—흡연자—의 끔찍한 치아 사진과 함께 떡하니 한 자리를 차지하고 있었다. 시간은 사람뿐만 아니라 사물 또한 못생기게 변형시켜버렸다.

"이 사람들 도대체 무슨 짓을 한 거야. 방금 내 추억이 망가졌어."

나는 홍상수 감독의 영화 「극장전」을 떠올리며 중얼거렸다. 그 영화 속에 등장하는 이십 대 초반의 남자 주인공은 예전에 좋아했지만 친구의 애인이 되어버리고 만 여자를 우연히 만나 충동적으로 동반자살을 시도하는데, 죽기 전에는 말보로 레드를 피워야 가오가 산다고 생각하지만 남산타워 부근의 낡은 여관 근처 가게에는 국산 담배밖에 팔지 않음을 알고 좌절한다. 그 배우가 내 또래여서 나는 자연스럽게 그에게 감정이입을 하며 영화를 보았다. 별 이유가 없는데 죽고 싶어 하는 것도 내용상 아무런 모순을 느끼지 못했다. 그 영화가 개봉할 무렵 현무가 죽었다. 그 시절, 우리는 얼마나 젊었는지. 얼마나 이기적이었는지. 얼마나 죽고 싶었는지.

"진짜 오늘만 피우는 거야?"

내가 의심쩍게 쳐다보자 Y는 그 특유의 투정하는 듯한 표정으로 "얘가 참. 진짜라니까" 하고 말끝을 길게 늘이며 대답했다. 몇 달 만에 다시 만나는 사람에게 말하듯 말이다. 자길 신경 써준다고 생각했는지 순식간에 입꼬리가 귀에 걸릴 뻔한 것도 나는 놓치지 않았다. 말보로 레드 때문인지 시간이 다시 과거로 돌아간 듯했고, 외모가 변하더라도 사람 속은 그다지 변하지 않을 수 있으며 미술관에 있다던 그의 아내와 두

딸의 존재 역시 실재하지 않는 거짓일 수도 있겠다는 생각이 들었다. 내가 물끄러미 바라보자 시선을 피하듯 Y가 슬쩍 일어났다.

"야, 여기가 김옥균이 살던 집터라던데 알았냐?"

뜬금없이 무슨 소린가 싶었다. 내 표정을 살피던 Y는 너 잘 걸렸다는 식으로 내 얼굴 쪽으로 잘난 척하는 손가락을 내밀며 신나했다.

"몰랐지? 그렇지? 와, 너 정말 몰랐구나. 김옥균과 갑신정변! 저기 저쪽에 표지석도 있는데. 여기가 지금은 이렇게 평화롭게 보여도 옛날엔 혁명을 도모하던 그런 역사적인 공간이었단다."

Y가 이번엔 두 손을 내밀며 앞마당을 향해 뻗었다. 과장된 제스처가 꼭 연극배우 같았다. 연기력이 부족한.

"하, 그런 걸 잘도 보고 다녔네."

좀 어이가 없어서 그가 원했을 칭찬을 해줘보았다. 오래된 습관을 떠올리듯.

"내가 원래 관찰력이 좀 있잖아. 관찰력이 있지, 내가. 그런데 말이야, 그때 그 사람들이 혁명이라는 걸

할 때 몇 살이었는 줄 아니? 김옥균은 삼십 대 초반이었고 다른 사람들은 이십 대 초반부터 이십 대 후반까지. 그냥 애들이었던 거지."

홀로 회한에 잠겨 서 있던 Y가 자리에 도로 풀썩 앉았다. 도대체 여기서 무슨 대화를 하는 건지 영 어지러워 말문이 막혔다. Y 역시 어쩐지 그 시점부터 무언가 생각에 잠긴 듯 얼굴을 살짝 일그러뜨리며 말없이 담배만 깊게 빨았다. 그렇게 하니 그나마 옛날 얼굴이 드러나는 것 같아서 묘한 기분이 들었다.

"우리가 너무 오래 사는 건지도 모르고."

그의 혼잣말에 딱히 어떤 대꾸를 해야 할지 몰라서 그냥 가만있었다. 그제야 벤치 위에 대충 놓여 있던 책 몇 권이 시야에 들어왔다. '주식' '투자' '부' 같은 단어가 요란한 표지 위에서 공통적으로 눈에 띄었다. 그 단어들을 보자마자 나는 Y와 어울리는 단어를 하나 생각해냈고, 희미하던 뭔가가 더 선명해지는 느낌이었다. 손절. 나는 항상 손절을 제대로 못하는 게 문제였다. 내 문제를 모르지 않았다. 언제나 상대에게 질질 끌려다니다가 너무 많은 걸 타인에게 허용해버리고 말았다. 이번에도 애초에 이 인간이 알은척할 때 반응하지 말았어야 했다. 그냥 지나쳤어야 했다. 그가 어느 때고 눈앞에 나타날 수 있고 그 시점에서 나는 그를 철저히 무시하며 가던 길을 갈 셈이라고 진작에 생각을 해봤어야 했다. 자책하는 마음이 들기 시작하자 이제라도 그만 페이드아웃해야 한다는 판단이 들었다. 그런데도 나는 뭔가를 주저하고 있었다. 내가 머뭇거리며 서 있자 Y 역시 아쉬운 듯 나를 올려다봤다. 그는 무언가 말을 꺼내려다 그만두었다. 작별 인사라도 할까 고민하다가 나는 아무 말 없이 등을 돌렸다. 우리 둘 다 참 늙어버렸구나, 하는 생각이 들었다.

몇 걸음 멀어졌을 때 Y가 내 등 뒤에 대고 말했다.

"조태주, 나 니 소설 읽었다."

나는 걸음을 멈추고 온전히 뒤를 돌아 그를 보았다.

"재미없더라."

어쩔 수 없다는 의미로 나는 어깨를 한 번 으쓱했다.

"근데 왜 내가 아니고 너냐."

"……."

"왜 하필 너냐고."

나는 대답하지 않았다. 내가 쓴 책이 별 볼 일 없는 결과물이라는 건 굳이 밝히고 싶지 않았다. 물론 기억한다. Y는 항상 책을 쓰고 싶어 했다. 영화로 인생이 잘 안 풀리면 소설을 써볼 거라고 입버릇처럼 말했던 건 정작 내가 아니라 그였다. 소설을 쓰고 싶다는 갑작스러운 열망은 그에게서 받은 영향 때문일까.

"연애도 좀 해라. 결혼은 해야지."

지랄이네, 하는 생각이 곧바로 들었지만 나는 아무 말도 하지 않았다. 공격이 들어올 거라 예상했지만 너무 흔하고 익숙한 무기라 타격감이 없었다.

"그리고 태주야, 내 얘기는 쓰지 마라."

Y가 정색하듯 미소를 지우고 차갑게 말했다. 내가 그에게 휘둘릴 때 많이 봤던 표정이었다. 그가 그런 얼굴을 들이밀면 나는 겁을 먹곤 했다.

"무슨 이야기?"

내가 되물었다.

"우리 얘기."

"우리?"

같잖은 기분이 들어 쓴웃음이 나왔다. Y가 비실거

리며 따라 웃었다.

그래, 저 웃음. 저게 항상 문제였지. 화가 나야 마땅할 것 같은데 전혀 화가 나지 않았다. 대신 경멸감만이 불쾌하게 고개를 쳐들었다. 오래전의 그가 리즈 시절 영상처럼 빠르게 재생되어 지금의 얼굴에 오버랩되는 것 같았다. 죽겠다는 말을 참 많이 하던 사람이었다. 나 때문에 죽겠다고, 때론 같이 죽어버리자고, 조울증이 있는 자신을 찼으니 이제 너는 한 사람을 죽음에 이르게 만든 살인자나 마찬가지라고, 비명인지 협박인지 엄살인지 모를 소리를 질러댔었다. 내 앞에서는 처량히도 그런 말을 잘 지껄이더니만 뒤로는 몰래 다른 여자들에게 집적거리면서 저 혼자 살 궁리를 하던 인간이기도 했다. 그러고 보니 조울증이니 뭐니 정말로 병이 있기는 했던 것일까. 나는 그의 병을 미화하고 그에 대해 열등감마저 품고 있었다. 내가 어렸을 때만 하더라도 예술을 하고 싶으면 '미쳐야' 한다는 말을 자주 들었다. '예술에 미쳐라!' '예술가는 미쳐야 한다!' 수업 시간에 그런 얘기가 나올 때마다 내가 너무 제정신이라는 게 콤플렉스처럼 느껴졌고 소위 광

증에 시달리는 사람들을 동경하며 그들처럼 되고 싶었다. 그때 내가 매혹됐던 것은 그의 미쳐 있음이었을까, 나르시시즘이었을까. 아니면 그 무엇도 아닌 어떤 거짓, 허세.

나는 아무 말 없이 무표정하게 그를 수초간 바라보았다. 어쩌면 그때 나는 저 사람이 죽기를 바랐는지 모른다. 진심으로. 내가 가질 수 없는 사람이라면 차라리 죽는 게 더 낫겠다고 믿고 싶었는지도 모른다. 그 시절이 고통스러웠다면 그건 나의 모자란 마음 때문이지 저 사람으로 인해서가 아니다. 마음이 차분해졌다. '우리'라는 말에 욕이라도 한마디 내뱉어줘야 적절한 반응일까 싶었지만 이미 그럴 필요조차 느끼지 못한 채 전의를 상실했다. 날뛰어봤자 소용없어. 이제 저 사람은 나와 아무런 상관이 없는 존재라는 진실만이 남았다. 과거의 유령이 잠시 나타났을 뿐이다. 곧 사라질 것이다.

"선배, '시쳇말'이라는 단어 뜻이 뭔지 알아?"

"뭐?"

Y는 우물쭈물하면서 대답하지 못했다.

"소설 교정보면서 새로 배운 단어인데, '시쳇말'이 시체랑은 전혀 상관없는 말이더라."

"갑자기 무슨 소린데."

Y가 퉁명스럽게 말했다. 내 속을 들여다보고 싶어 머리 굴리는 게 뻔히 보였다.

"그냥 그렇다고."

잠시 그대로 서서 생각했다. 시쳇말 외에도 '알은척'이라는 단어를 새로 배웠지. '아는 척'이라고 쓰는 게 아니라 '알은척'이라고 해야 문법에 맞게 쓰는 거란 걸. 그동안 완전히 잘못 사용하고 있었다는 걸. 그러니까 우리 이제 서로를 알아봐도 알은척하지 말고 살아가자. 더 이상의 이야기를 이어 나가지 말자, 영향받지 말자…….

오늘은 이것으로 퇴근이다.

절대 뒤돌아보지 말자고 다짐하며 나는 인사도 하지 않고 다시 자리를 떴다. Y도 나를 붙잡지 않았다. 하루가 더러워졌다고 생각했다. 아니, 단지 삼십 분 정도가. 저 인간이 내게서 망칠 수 있는 건 이제 그 이상도 이하도 아니었다. 어두운 등나무 아랫길이 평소보다 더 아득히 길게 느껴졌다. 글을 쓰기는커녕 책조차 빌리지 못했다는 생각이 스쳤지만 이제 앞으로 내가 느끼는 아쉬움은 오직 그 정도에 불과할 뿐이라는 예감에 묘한 해방감마저 들었다.

걸음을 더욱 빨리해서 주차장 입구까지 순식간에 빠져나왔다. 그러다 불현듯 멈춰 섰다. 나는 도망치고 있었다. 갑자기 아주 작은 일상의 루틴이라 하더라도 다른 누군가로 인해 포기하고 싶지 않다는 생각이 들었다. 허용하지 않을 것이다. 허투루 뺏기지 않겠다. 나는 무언가를 놓고 나온 사람처럼 급히 반대 방향으로, 다시 도서관 건물을 향해 힘차게 걸었다. 하나도 슬프지 않은데 눈물이 났다. 시야가 흐릿해질 정도로 눈물이 차올랐다. 맞은편에서 행인이 다가오고 있었지만 나는 피하지 않고 얼굴을 반쯤 일그러뜨린 채 고개를 꼿꼿이 들고 걸었다.

° ° °

어느 날 저녁.

책을 내고 나서 처음으로 작가들이 모이는 술자리—출판사 송년회—에 참석했을 때 재미있는 일이 있었다. 화장실에 가던 길에 내가 받은 문학상의 심사위원인 소설가와 마주쳐서 잠시 선 채로 서로의 안부를 물었다. 그는 밖으로 나가려던 참이었는데 그와 동행하던 한 남자 시인이 상당히 취한 자세로 우리 곁에 비스듬히 서서 대화가 끝나기를 기다리다가 뜬금없이 내게 열정적인 말투로 '축하'의 말을 건넸다.

"이제 당신은, 당신이 원하는 사람과, 아무나와 다 사귈 수 있을 겁니다."

"네?"

제대로 들은 게 맞는 건지 나도 모르게 반문했다. 그의 말을 이해하는 데에 얼마간의 시간이 필요했다. 아직도 이런 인간이 있다니 긴가민가했다. 그가 한 말인즉슨 이제 내가 작가가 됐으니, 언젠가 보았던 영화 속의 성공한 소설가—교수 남자—처럼 나도 더 젊고 아름다운 연인을 만날 수 있으리라는 의미인 듯했다. 내가 남자처럼 보였나? 머리가 짧고 화장도 하지 않았으니 술 취한 사람에게는 그렇게도 보일 수 있겠다는 추측이 들었다. 하지만 난 여잔데. 저 여잔데요. 여자라구요. (×발 여자라고.) 나는 뒤늦게 사실을 정정하려 시도했지만, 그의 동행인인 심사위원이 난처한 얼굴로 만취한 남자를 데리고 어디론가 사라진 뒤였다.

○ ○ ○

부고 문자를 받고 잠시 망설이다가 소진에게 전화를 걸었다. 선생님은 생각보다 더 유명한 인물이어서 소진은 문자를 받기 전에 이미 뉴스를 보고 그의 사망 소식을 알게 되었다고 말했다. 그는 무언가 비난받을 만한 일을 하고 직장을 잃은 후 몇 달 만에 죽은 채 발견되었다.

"선생님이 그렇게 잘못했을까? 이제 난 잘 모르겠어."

내가 그렇게 말하자 정적이 흘렀다. 곧 변명을 늘어놓고 싶은 충동을 느꼈다. 그의 잘못을 모르겠다고 말하자마자 내가 뭔가 대단히 반동적인 사고를 하고 있다는 생각이 들었고, 조금 길다 싶게 이어지는 소진의 침묵이 나를 비난하는 듯했다.

"잘못했지. 잘못한 건 확실하지. 그래도 죽을 만큼은 아니겠지만."

소진이 한참 만에 대답했다. 그러고선 다시 아무 말 없이 시간만 흘렀다. 어째서 우리가 좋아하던 세계들이 모두 다 망가지고 있는 걸까. 막막한 심정이 되어 다음 말을 고르고 있는데 소진이 장례식장에 갈 거냐고 물었다. 나는 가고 싶지 않다고 답했다. 그곳에는 선생님뿐만 아니라 과거의 유령들이 잔뜩 모여 있을 게 분명했고 그것들과 대면하는 일은 상상만으로도 버겁게 느껴졌다. 감당할 수 없을 것 같았다. 그 대신 소진과 나는 선생님이 만든 영화를 각자 보는 것으로 우리만의 리추얼을 가지기로 결정했다. 냉정한 말투였지만 소진 역시 그의 죽음에 적잖이 충격을 받은 것 같았다. 소진은 대학생 시절부터 선생님의 영화를 좋아해서 팬클럽 멤버로 활동한 적이 있었고, 나중에 그가 학교 선생으로 일할 때 틈틈이 만든 독립영화에는 단역으로까지 출연했는데, 소진에게 주어진 역은 살

해당해 죽은 채로 길바닥에 쓰러져 있는 여자 시체 역할이었다. 연출부 스태프가 깔아준 작고 얇은 담요 위에 팔다리를 쭉 뻗고 엎드린 채 쌀 포대처럼 생긴 누런 천을 덮고 잠자코 있기만 하면 되는 간단한 역할이었다. 촬영 때 소진은 그 자세 그대로 기다리다가 깜빡 잠이 들었는데, 촬영이 다 종료된 다음 조감독이 소진에게 컷 사인 주는 것을 잊어버리는 바람에 고대로 한 시간이나 길바닥에 방치되어 있었다고 회고했다. 여자 시체가 너무 여러 명이라 다음 엑스트라를 챙기느라 조감독이 그만 그중 한 명인 소진을 잊어버리고 말았다는 것이었다. 그렇게 고생하며 찍은 장면이 최종 편집에서 삭제되어 소진은 꽤 실망했던 모양인데 그러고 나서 몇 년이 흘러 선생님의 영화가 왕가위 감독 스타일을 겉모양만 흉내 냈을 뿐인 졸작이라는 걸 깨달았다며 그렇게나 열성이던 팬클럽에서도 미련 없이 탈퇴해버렸다. 그 영화를 다시 보면서, 나는 보이지 않더라도 소진이 연기한 죽은 여자의 몸을 쉽게 상상할 수 있었다. 하지만 선생님이 죽다니. '사람'이 그렇게 쉽게 죽을 수 있다는 게 믿기지 않았다.

○ ○ ○

1967년 여름, 체 게바라가 사망하기 몇 달 전, 23세의 하룬 파로키는 다니던 영화학교에서 쫓겨나자 "*혁명과 게릴라 운동을*" 자신의 "*눈으로 직접 보고 싶어 베네수엘라와 콜롬비아를 누비고 다녔지만 볼 수 없었다.*" 같은 해 가을 하룬 파로키는 조건부로 영화학교의 재입학을 허락받지만, 이듬해인 1968년 "*정치활동을 했다는 이유*"로 재차 학교에서 쫓겨난다. 이중퇴학.

○ ○ ○

아직 순진하던 시절, 현무에 관한 영화를 만든 적이 있다.

영화의 첫 장면은 카페에 앉은 두 사람을 비춰준다. 창밖에 보이는 푸른 하늘로 추정컨대 날씨는 맑다. 여자와 남자는 나무로 된 빈티지 테이블을 사이에 두고 마주 앉아 있다. 둘은 친구 사이이고, 오랜만에 만난

듯하다. 여자는 간밤에 꾼 자신의 꿈 이야기를 들려 준다. 그녀는 파편적인 이미지를 하나의 이야기로 엮기 위해 애쓰고 있다. 얼마 전, 그녀가 아끼던 한 사람이 스스로 목숨을 버렸고, 그녀는 그 사건이 자신에게 어떤 의미였는지 말하고 싶다. 카페에 오기 전 그녀는 죽은 친구의 집을 찾아간다. 친구의 부모님이 그녀를 초대했기 때문이다. 그들은 그녀에게 차를 대접하고 혹시 그녀가 죽은 친구의 일기를 읽어보고 싶지 않은지 물어본다. 그녀는 머뭇거린다. 그녀에게는 그것이 이상한 제안이라는 생각이 든다. 그러나 홀쭉하게 서 있는 친구 부모님의 기대를 저버리고 싶지 않아 그들의 안내에 따라 조심스럽게 친구의 방으로 들어간다. 주인의 온기를 기다리는 듯한 방의 태연함에 그녀는 멈칫한다. 아직은 부재가 비현실적이다. 타인의 공간을 멋대로 침범한 기분으로 빈방을 한 바퀴 둘러보다 무심코 그의 물건에 손이 닿자 자기도 모르게 움찔한다. 마치 죽음 그 자체가 자기 손을 스친 것처럼……. 문간에 나란히 서 있던 중년 부부는 그것을 전혀 눈치채지 못하고 그녀에게 묻는다. 이 중 어떤 물건이든

가져가고 싶은 게 있으면 가져가도 좋다고. 며칠 동안 그들은 아들의 친구들에게 똑같은 제안을 하고 있다. 그때마다 그들은 자신들이 하는 말을 믿을 수 없다. 백번 천번을 반복해도 익숙해질 수 없는 문장이다. 아들이 죽었다는 현실이 실감 나지 않아 그들은 그렇게라도 하고 있다. 방 안쪽 맞은편에서 그녀는 망설인다. 그녀는 처음으로 그들의 눈을 똑바로 바라본다. 부부는 그녀가 정말로 그러기를 바라는 듯하다. 그 물건으로 아들을 기억해주기를. 부디 잊히지 않기를. 다시 살아나기를.

여자가 이야기하는 동안 커피가 차갑게 식었다. 맑은 날의 카페에서, 그녀의 맞은편에 앉아 꿈 이야기를 듣고 있던 남자가 여자에게 묻는다. 그래서? 넌 어떤 물건을 가져갔어? 여자는 뜨거운 컵이 남긴 흔적이 겹겹이 새겨진 빈티지 테이블 위로 책을 한 권 올려놓는다. 남자는 그 책을 곧바로 알아본다. 아, 그거. 그건 네가 나에게 빌려준 건데. 미안해. 반납하지 못했어. 여자는 개의치 않는다는 듯 고개를 젓는다. 그녀는 자기 앞에 놓인 책을 열어 책장 사이에 꽂혀 있던 사진

한 장을 들여다본다. 낡은 인화지에는 그녀의 앞에 앉아 있는 젊은 남자가 찍혀 있다. 한여름의 숲을 배경으로 남자는 웃음 띤 얼굴로 수줍게 서 있다. 지금보다 더 어린 시절의 모습이다. 여자가 사진을 내려보다가 고개를 들어 테이블 건너편 자리를 바라본다. 거기에는 아무도 없다.

○ ○ ○

뉴스 영상을 보다가 어떤 장면이 내 눈길을 끌었다. 두 명 혹은 세 명의 기후활동가가 팀을 이뤄 미술관에 걸린 유명한 그림을 훼손하고 자신들의 손에 직접 풀을 묻혀 전시실 벽이나 작품 표면에 접착시키고는 큰 목소리로 화석연료 사용의 부당함과 기후위기의 심각성을 고발하는 상황을 현장에서 찍은 것이었다. 반 고흐나 모네, 레오나르도 다빈치의 작품은 애초에 보호 유리 액자 안에 보관된 채 전시되기 때문에 원본은 손상되지 않을 것임을 잘 알고 있음에도 기후활동가들이 뿌리는 붉은 토마토 수프나 샛노란 페인트 용액

이 순식간에 회화 작품의 이미지를 덮쳐버릴 때면 나도 모르게 움찔하게 된다. 기후활동가들은 대부분 어려 보였다. 십 대 후반에서 많아봤자 이십 대 중후반. 그들은 비장하다. 큰 목소리로 외치는 구호는 당연하게 느껴질 정도로 상식적이고 일리가 있다. 그런데도 나는 어쩔 수 없이 반감이 들었다. 활동가 중 한 명의 머리카락이 핑크색이었기 때문이다. 원래부터 핑크색 머리를 타고난 사람은 없을 것이다. 그것은 명백히 염색된 것이었다. 새로 자라나는 머리가 어두운 걸 보니 탈색한 뒤 염색한 머리였다. 그 작은 결점이 내 신경을 거스른다. 그 주 내내 배달 음식을 시켜 먹어 엄청난 플라스틱 쓰레기를 배출한 내 행동보다도. 시간이란 참 놀라운 것이었다. 내가 주장보다 '태도'를 문제 삼는 어른이 되다니.

○ ○ ○

1991년, 루마니아 티미쇼아라에서 팔다리가 잘린 시체가 발견되었다. 부부 독재자였던 니콜라에 차이셰스쿠와 엘레나 차이셰스쿠를 친위하던 비밀경찰에 의해 고문당한 반독재 시위 참여자라는 보도가 있었으나 사실이 아니었고, 인근의 병원에서 사체 해부 후 매장한 시신이라는 사실이 곧 밝혀졌다. 이 사건은 하룬 파로키가 소비에트 연방과 동구권 연합의 변화에 있어 가장 극적인 장면 중 하나라 할 수 있을 차이셰스쿠 정권의 마지막 5일에 관한 영화를 만드는 계기를 마련해주었다. 계엄군의 발포로 인해 부상당한 한 티미쇼아라 시민의 울부짖음으로 시작한 이 영화는 백여 발의 탄환을 맞으며 총살당한 차이셰스쿠 부부의 죽음으로 끝을 맺는다. 수개월의 작업 끝에 파로키는 「혁명의 비디오그램」을 완성했고 1993년 베를린에 있는 두 개의 극장에서 처음으로 작품을 상영했다. "*관객은 딱 두 명이었다. 그것도, 두 극장 모두 합쳐서.*"

° ° °

내가 처음 시체를 본 것은 어느 일간지 1면에 실린

간첩 소탕 보도사진에서였다. 죽은 사람은 젊은 남자였다. 많아봤자 이십 대 중반 정도로밖에 보이지 않는 그의 육체는 차갑게 식어 하늘을 보고 뻗은 채 굳어 있었다. 정확히 기억나지 않지만, 아니 분명히 각색된 채로 남아 있는 이미지일 테지만, 죽은 남자는 눈을 감지 못하고—눈을 위로 치켜뜬 채로—사진에 찍혔고, 축축한 정글 같은 곳에서 무언가로부터 도망치려다 미리 설치된 올가미에 걸려 순식간에 목숨을 빼앗긴 건장한 야생동물 같아 보였다. 물기가 뚝뚝 떨어질 것만 같은 그의 짧고 까만 머리카락이 앳되어 보인다고 느꼈다. 나보다 나이가 많았겠지만 분명 그렇게 느꼈다. 사진을 보고 있는 나는 당시에 중학생이었지만 아무리 간첩에 불과하더라도 죽은 사람의 몸과 시선이 아무런 거리낌 없이 공공연하게—그것도 조간신문 1면에—전시될 수 있다는 데서 상당히 충격을 받았다. 그 사진을 더 골똘히 쳐다보고 싶었지만 나는 죽은 남자와 눈이 마주칠까 두려워 얼른 다음 페이지로 신문을 넘기고서 울렁거리는 마음을 진정시키려 애썼다. 동시에 내 마음속에는 어떤 이상한 매혹 같은 것이 자라

있음을 느끼게 되었는데 그것을 들여다보는 일은 시체 사진을 마주하는 것보다 더 곤혹스러운 일이었다.

다시 그 사진에 대해 떠올린 것은 대학교에 입학한 다음이었다. 나는 한참이나 대학생이라는 신분에 적응하지 못했다. 학과에서 친한 그룹을 만들지 못했던 나는 내내 겉도는 생활을 하고 있었다. 누구와 밥을 먹을까를 고민하는 것은 고등학교를 졸업하기만 하면 영영 끝일 거라 예상했는데 그런 낙관적인 바람은 처참히 부서졌고 점심시간 때마다 동행을 구하는 그 지난하고 구차한 눈치 게임은 대학에서도 계속됐다. 그나마 대학이 고등학교보다 나은 점이 있다면 한 사람의 활동 범위가 교실에만 한정되는 게 아니라 훨씬 더 넓어진다는 것이었다. 나는 홀로이면서 홀로이고 싶지 않은 마음으로 이곳저곳을 방황하다가 중앙도서관의 지하 식당이라든가 홍보관의 클래식 음악 감상실이라든가 학생회관의 생활도서관 즈음으로 내 생활반경을 정해두었다. 어째서 다른 아이들은 그토록 자연스럽게 대학생활에 적응할 수 있었는지 나는 약간의 배신감마저 느끼고 있었다. 경멸해 마지않던 오랜 입시생활에 어쩌면 완전히 길들어 있었을지 모른다는 굴욕감을 들킬까봐 나는 사람들을 멀리했다. 검은 옷을 입고 이어폰을 낀 채 화가 난 얼굴로 고개를 푹 숙이고 다니며 누가 말이라도 걸면 영혼이 칼에 찔리기라도 한 듯 공격적인 말투를 쏘아대는 말라빠진 여자아이. 묘사해놓고 보니 좀 한심하지만 그게 나였던 것 같다. 피신처 중 하나로 선택했던 생활도서관에는 대체로 나처럼 반항적인 영혼을 가진 사람들이 모여들었다. 그곳에서는 온갖 불온한 서적을 쉽게 접할 수 있었는데—오히려 권장되는 편에 가까웠다—그래서인지 나는 그때 내가 정치적으로는 아나키스트라고 생각했었다. 뭘 잘 알아서가 아니라—권위적인 것에 질색하는 내 기질적인 특성과 잘 맞을 것 같다는 직관적인 믿음과 더불어—아마도 그해에 체 게바라 평전이 번역되어 나왔기 때문이었을 것이다. 바로 그즈음이었는지는 확실치 않지만 체 게바라의 얼굴이 새겨진 티셔츠가 유행한 것도 비슷한 시기였다. 나 역시 그 흑백 이미지에 마음이 사정없이 흔들렸다. 체 게바라 평전은 인기가 무척 많아서 한참이나 순서를 기다린 후에야 겨우 빌릴 수 있었다. 두근거리며 책장을 넘기던 나는 그만 하나의 이미지 앞에서 얼어붙고 말았다. 중학생 때 간첩 사진을 봤을 때처럼 순간적으로 일시 정지가 되었다. 책의 앞부분에는 체 게바라의 삶에서 주요한 몇몇 장면이 화보처럼 흑백 사진으로 수십 장가량 수록되어 있었는데, 맨 마지막에는 그가 총살당한 후 반나체로 눕혀 있는 사진이 실렸기 때문이었다. 그는 젊은 간첩처럼 눈을 뜨고 있었다. 일간지 1면의 간첩은 자신이 왜 죽어야 하는지 영문을 알 수 없다는 표정이었던 것에 반해 체 게바라의 얼굴은 훨씬 더 복잡한 뉘앙스를 풍겼다. 이후로도 그 사진을 반복적으로 봤기 때문에 첫인상이 어떠했는지는 이제 흐릿해졌지만, 그 순간 날카롭게 나를 건드린 감각은 무언가 보지 말아야 할 것을 보아버렸다는 막연한 두려움과 함께, 문득 마음을 흔드는 어떤 매혹이었다. 그건 간첩 사진을 보았을 때처럼 나를 혼란스럽게 만들었다. 그리고 어째서 그런 비교를 했는지 모르겠지만 젊은 남자의 죽음은 젊은 여자의 죽음과 다른 비극으로 다가오는 것 같다는 생각을 했다. 카메라의 시선이 품고 있는 기계적일 만치의 건조한 태도 때문이었을까. 이미지로서 죽은 여자의 몸이란 대개 관습적으로 느껴질 만큼 익숙한 비통함과 기이한 아름다움의 감정을 불러일으키는 하나의 오브제처럼 다뤄지곤 하는 반면, 죽은 남자의 육체가 표상하는 것은 그야말로 '죽음'이라는 불가사의한 사건 그 자체만의 진실을 전달하고 있다는 인상이었다.

죽은 간첩을 다시 떠올린 건 현무의 입관식에서였다. 현무는 여름방학 때 독일과 체코에서 열리는 워크캠프 — 단기 국제자원봉사 활동 — 에 참가할 예정이었고 워크 캠프가 끝나면 한 달간의 동유럽 여행을 계획했다. 현무 역시 나처럼 이상주의자였고 막연한 관심을 가졌을 따름인 나와 달리 정치사상에도 관심이 많았다. 그는 자기가 1950년대쯤 프랑스나 브뤼셀에서 태어났으면 좋았었으리라 말하곤 했다. 그러면 1968년을 실제로 경험할 수 있었을 테고 자기가 원하는 바에 더 가까운 삶을 살 수 있었으리라고 믿었다. 졸업하기 전에 그는 사회주의 국가들을 방문해서 정신을 고양시키고 싶어 했다. 돈을 모으기 위해 한 학기를 휴학하고 여러 가지 아르바이트를 전전하며 동분서주하느라 만나기가 쉽지 않았다. 나와 현무, 소진이 함께하던 모임은 현무를 구심점으로 삼았기 때문에 그가 바빠지자 사진 세미나에 참가하는 것 역시 흐지부지되었고 우리 세 사람은 간간이 문자나 싸이월드 방명록을 통해서만 우리의 모임을 그리워할 뿐 실질적인 만남을 갖지 못한 채 수개월을 흘려보냈다. 어느 한 시절이 끝나가고 있다는 느낌을 받았지만 나는 그게 단지 현무가 다른 인생을 준비하고 있기 때문이라고만 생각했다. 친구들을 멀리하며 매정하게도 자기 혼자 인생의 다른 단계로 도약하려 분투하는 현무를 보며 나는 무언가 원망하고 싶은 기분에 휩싸였고, 내가 그처럼 어딘가로 탈출하지 못하고 여전히 한 자리만을 맴돌며 투덜거릴 뿐이며, 아무런 도전도 모험도 시도하지 않는 팔자 좋은 게으른 학생 신분에 머물고 싶어 한다는 진실을 외면하고 싶었다. 나는 화가 난 척했다. 그 애가 내게 연락하기 전에 내가 먼저 그에게 연락하는 일은 절대 없을 거라고 마음을 단호하게 먹고 있었다. 그때 내 허전함을 채워준 것은 영화관이었다. 영화는 사진보다 시간을 죽이기 좋았다. 나는 이해하지도 못하는 영화들을 보며 외로움을 달랬다. 그러던 어느 날, 푸르던 5월의 마지막 주에 소진에게서 문자 한 통을 받았다. 현무가 죽었다고. 우리의 현무가 죽어버렸다는 소식을 소진은 내게 전해주었다. 놀랐다는 말이 부족할 정도로 정신이 멍한 와중에도 내가 아니라 소진이 그 소식을 먼저 알았다는 사실을 질투하는 나 자신을 자책하면서, 나는 한동안 움직이지 못했다. 울음이 나온 것은 그날 밤 장례식장에 들어가면서부터였다. 그것은 있어서는 안 될 장소였다. 독립영화의 한 장면에 들어와 있는 것처럼 비현실적이었다. 다들 급하게 서둘렀는지 검은 옷을 챙겨입지 못하고 온 사람이 대다수였다. 현무에게 이토록 지인이 많았는지 몰라서 나는 잠시 멀뚱거리며 서 있었다. 멀리서 나를 발견한 소진은 사람들이 없는 곳으로 나를 데려가 한 달 전 자신이 현무에게 보낸 안부 문자의 답으로 그가 아주 간단히 '희희낙락'이라는 사자성어로만 답했다고 얘기해주었다. 소진은 그의 유언을 몰래 전하듯 속삭이며 말했다. 그게 무슨 뜻인지 아니? 매우 기뻐하고 즐겁다. 그 애는 그렇게만 말했어. 그렇게만…….

다정한 사람이었지만 현무에게 어떤 광기가 있었다는 건 분명해서, 충격을 받은 와중에도 우리 중 누군가에게 그런 일이 일어난다면 그건 바로 현무였을 거라는 생각이 들었고 그렇게 생각해버린 데서 다시 죄책감을 느꼈다. 장례식장을 가득 채운 아이들—대부분 학생처럼 보였다—을 보면서 어쩌면 여기 있는 사람 모두가 나와 마찬가지로 현무가 보내던 어떤 단서들을 놓쳐버리고 말았다고 생각했다. 그날 밤 장례식장에서 밤을 지새우며 현무가 얘기했던 계획들이 다 거짓이었다는 사실도 알게 되었다. 다음 날, 몇 안 되는 친구들과 가족들이 입관식에 참석했다. 현무는 저 먼 곳에 체 게바라처럼 누워 있었다. 흰 천을 어깨까지 덮고 평소보다 기름해 보이는 얼굴로 고요히 정지해 있었다. 그의 눈은 죽은 간첩이나 체 게바라와 달리 편안히 감겨 있었다. 표정도 평화로워 보였다. 나는 뒤편에 우두커니 서서 현무도 체 게바라처럼 천식을 앓았다는 사실을 떠올렸다. 대학생이 되었으니다들 어른 행세를 하고 싶어 했지만 아직 인생의 모든 것이 그토록 심각해질 수 있다는 것을 실감할 수 없는 나이였다. 그날 아침의 장면에서는 어떤 매혹도 느낄 수 없었다. 한때 알고 지내던 젊은 남자의 죽음에는 어떤 수식도 붙일 수 없었다. 그것은 아주 냉정한 단절이었다. 그와 나 사이에 놓여 있던 투명한 유리창처럼 아주 명징하고, 무엇보다도 물질적인 사건이었다. 나는 오래전에 그만둔 질문을, 잊어버린 질문을 다시 한번 떠올려보았다. 만약 시간을 되돌릴 수 있다면, 그랬다면 나는 그 애를 살릴 수 있었을까. 그 아이의 기쁨과 즐거움을 거스르는 한이 있더라도.

○ ○ ○

하나의 책. 하나의 메모.
영원히 두 갈래로 나뉘는 시간.

책의 제목은 '전락'이었다. 1987년 출간될 당시의 가격은 천 원이었고, 이천 년대 초중반 내가 헌책방에서 구입했을 때는 삼천 원이었다. 나는 현무에게 그 책을 빌려줬다가 죽은 뒤 돌려받았다. 책장에는 메모가 하나 끼워져 있었는데, 그 메모는 내가 쓴 것임에도 불구하고 현무가 내게 전송한 메시지처럼도 느껴졌다. 빛에 노출된 필름이 이전과는 전혀 다른 성질의 물질로 변화하는 것과 같이 다시 돌아온 책은 다른 무언가가 되어 내게 도착했다. 나는 그것을 어떤 증거—그 시절의 유언—처럼 간직하고 있다.

몇 주 전에 있었던 일.

화장실에서 이를 닦는데 벽면 거울에 모기가 앉아 있었다.

무심코 눌러 죽이려는데, 가만 보니 모기가 거울로 자기 자신을 바라보고 있는 것만 같다는 생각이 들었다.

그런 생각이 드니까 모기를 죽일 수 없었다.

내가 이를 다 닦을 때까지 그 모기는 그 자리에 가만히 붙어 있었다.

○ ○ ○

언제부터였을까. 5월이 되었는데 그 아이에 대해 전혀 생각하지 않는다는 걸 깨달았다. 시간이 너무 많이 지나서 놀라운 일도 아니었다. 매번 쉽지 않고 익숙해지지도 않았지만 그사이 나는 다른 죽음들도 더 경험하게 되었다. 잊어버린 습관을 떠올리듯 오랜만에 옛 친구를 생각했다. 아마 그 일이 있고 난 뒤 한 십 년 정도는 5월이 되면 항상 그를 떠올렸던 것 같다. 화장터로 향하던 운구 버스 안에 구겨져 앉아 하염없이 울면서 창밖을 바라봤던 기억이 생생하다. 그 계절에는 나무들이 정말 싱싱하게 푸르다는 것을, 한여름보다도 더 푸르르다는 사실을 나는 새롭게 인식하고 있었다. 가던 길에 누군가가 사람들이 가장 많이 자살하는 계절이 다름 아닌 봄이라고 일러주었다. 낮은 목소리로 비밀을 속삭이듯 조심스러운 음성으로 말을 이어갔다. 나는, 살아 있는 나는 통계에 대해 생각했다. 지금 내가 처한 상황이 이해할 수 없는 삶의 어떤 불가사의한 한 부분이 아니라 일정한 패턴 속에 붙잡힐 수 있는 당연한 사회적 현상에 불과하다는 듯한 그 잔인한 통계에 대해서 말이다.

。。。

도서관으로 가는 길.

앞에서 언급된 그 길이 아닌 다른 어느 평범한 거리에서.

나는 기억 속을 헤매며 걷다가 문득 발걸음을 멈췄다. 커다란 가로수들이 양옆으로 무성하게 자라 길 중간쯤에서 가지가 서로 뒤엉킨 채 반쯤 하늘을 가리고 있었다. 그 사이로 내리꽂히는 눈부신 빛. 아, 이제 5월은 여름이구나.

한동안 고개를 꺾고 하늘을 올려다보다가 시선을 바로 했다. 하던 생각을 그새 잊어버린 듯 순식간에 머릿속이 하얘지고 멍했다. 어디로 가고 있는지 목표 지점이 분명한데도 길을 잃은 것만 같은 기분이었다. 어서 앉아서 글을 쓰고 싶어졌다. 무엇이든. 아마도 그 애에 대해. 아니 나에 대해. 가능한 미래와 잃어버린 과거에 대해. 혹은 그와 반대로 말해야 할까? 잃어버린 미래와 가능한 과거들. 내가 시간에 대해, 우리에 대해 쓴다면, 여전히 우리를 우리라고 말하고자 한다면, 살아 있는 그는 나를 응원해줬을까? 내 마음은 그럴 수밖에 없을 거라는 쪽으로 기운다. 내가 다음에 올 사람들을 미리 용서하듯 그 역시 그렇게…….

끝없이 혼란스러워지는 마음에도 아랑곳하지 않고 나는 다시 걷기 시작했다. 멈춰 있을 때보다 세상이 단순해지는 듯했다. 언제나, 모든 감정이 소용돌이치고 나면 슬픔만이 남았다. 몇 걸음을 더 걷다가 내키는 대로 몸을 돌려 천천히 뒷걸음질 치며 앞으로 나아갔다. 지나쳐온 것들이 풍경을 이루며 여전히 그 자리에 살아 있었다. "사랑해야지, 살아 있는 것들을 더 많이 사랑해야지." 나는 소설 속 어딘가에 쓸 말을 생각하며 나지막이 중얼거렸다. 주변의 행인들과 시선이 마주쳤다. 그들은 내 쪽을 힐끔 보는가 싶더니 알아서 나를 피해 각자의 길을 계속 걸었다.

* 소설의 부제 '처음 한 여행과 다르게 여행하는 것'은 『고다르×고다르』(장-뤽 고다르, 데이비드 스테릿 엮음, 박시찬 옮김, 이모션북스, 2010)의 한 문구에서 따온 것이다.
* 인용된 이상의 시는 「삼차각설계도—선에관한각서 5」이다.
* 하룬 파로키에 관한 언급과 인용은 「텍스트 트레일러」, 『하룬 파로키—우리는 무엇으로 사는가』(김은희/안체 에만 공동기획전시, 국립현대미술관, 2018)를 참고했다.

얽힘 코멘터리

성혜령 코멘터리

「나방파리」에 대하여

전하영의 질문

전하영(이하 전)〉 비슷한 처지에 비슷하게 힘든 시기를 보내는 사람들과 가깝게 지낸 경험이 누구나 있을 것 같아요. 종희와 일영의 관계 역시 각자의 괴로움을 공유하며 친해지다가 결국엔 상대방이 쏟아내는 고통을 견뎌내지 못하고 종결되는데요, 두 사람이 찾아가는 이발소에서 양쪽 거울이 서로를 마주 보며 끝없이 이어지는 이미지는 그런 둘의 관계를 장면화했다는 생각이 들었습니다. 이발소라든가 홍콩의 다리 밑 천막 같은 장소는 인물의 어두운 마음을 가시화하는 곳이기도 한데, 소설을 쓰며 공간을 어떻게 만들어가는지가 궁금했습니다. 저의 경우는 장소가 먼저 있고 인물과 이야기는 나중에 붙여

가는데, 이 소설은 장소보다 이야기가 앞선다는 인상이 었어요.

성혜령(이하 성)〉 저도 작가님께 공간에 대해 묻고 싶었는데 통했네요! 저도 작가님의 소설을 읽으면서 공간이 굉장히 중요한 역할을 한다는 생각이 들었는데 역시 작가님은 공간을 먼저 생각하시는군요. 짐작해주셨듯이, 저는 보통 하나의 공간에 머물면서 이야기를 생각하기보다는, 인물이 어디에서 어디로 움직일지를 생각하며 이야기를 구성하는 편인 것 같아요. 그래서 공간보다 '이야기가 앞선다'라는 말씀이 정확한 것 같습니다. 홍콩의 다리 밑 저주 천막은 여행 프로그램을 보다가 발견한 장소여서 제가 상상력을 발휘한 부분은 많이 없지만 이발소의 경우는 쓰는 과정에서 여러 번 수정한 끝에 지금의 공간 구성이 나오게 되었어요. 소설을 쓰면서 의미나 상징이 우연히 획득되지 않는 한, 일부러 의식하지는 않는 편인데, 거울이 서로를 투영하며 끝없이 확장되는 장면은 확실히 관계에 대한 메타포가 될 수 있겠다는 생각을 했던 것 같습니다. 저의 경우, 어떤 사람과 처음 만나 친해지게 될 때는 보통 서로에게서 자신과 비슷한 부분을 발견하는 과정이 큰 역할을 하거든요. 처음에는 나와 너무 잘 맞고, 비슷한 점도 많은 것 같던 사람과 시간을 더 보내게 되지만, 나중에는 나와 다른 점들을 계속 발견하고 이해하는 과정을 거쳐야 하죠. 그런데 종희와 일영의 관계는 서로에게서 비슷한 점만 보면서 끝없이 확장하다가, 결국 서로의 '다름'이 큰 골을 만들게 된 관계죠. 그래서 거울 장면을 쓰면서 계속 확장하나 서로의 진짜 모습을 볼 수 없는 이 장면이 이 둘의 현재 모습뿐 아니라 그들이 쌓아온 관계를 적나라하게 비춰주면 좋겠다는 생각을 했는데, 질문해주셔서 기쁘네요!

전〉 연배가 좀 위인 여성을 일방적으로 좋아하며 따르다가 상처받고 손절한 경험이 저도 있어요. 어릴 때는 그 관계 때문에 상처받았고, 상대가 날 막 대했을 뿐이라 여겼는데, 어느덧 나이가 들고 보니 인생에서 두 사람이 경험하는 시차 때문에 내가 원하는 관계는 애초에 될 수 없지 않았을까 싶더라고요. 「나방파리」는 주로 일영의 시선으로 이야기가 전개되는데, 사실 저는 종희의 입장이 이해가 안 되는 게 아니었고, 그냥 두 사람이 서로 적당히 거리를 두어줬으면 하는 심정이었습니다. 그리고 상대가 감정 쓰레기통이 되었다고 여길 만큼 배려하지 못한 건 잘못이겠지만 그래도 종희에게 작가가 너무 가혹한 벌을 내린 건 아닌가 하는 생각도 솔직히 들었고요. 마지막에 이르러 종희가 일영의 저주를 알아차린 듯한 언급이 나오는데, 이번에도 종희는 일영을 그럴 수 있지 하고 받아들였을까요? 아니면 자기 자식에 관한 일인 만큼 다르게 행동하려나요? 왠지 소설의 다음 이야기가 궁금해졌습니다. 종희에게는 어떤 선택이 남아 있다고 생각하시나요?

성〉 '두 사람이 경험하는 시차'라는 말이 멋지네요! 우리는 같은 일을 겪어도 필연적으로 다른 경험을 하게 되고, 그 어쩔 수 없는 '시차'에 적응하지 못하면 매끄럽게 움직이는 것 같던 관계도 조금씩 삐거덕거리기 시작하는 것 같아요. 일영에게 종희의 전화가 '감정 쓰레기통'이 되는 걸 견디는 일이었다면 종희에게는 그저 자신의 삶을 공유하는 일이었던 것처럼요. 이 시차는 사실 누구의 잘못도 아닌데, 일영의 '저주'는 마치 종희를 단죄하려는 시도처럼 느껴져요. 정말 '가혹'하죠. 이 불공정하고 불균형한 낙차가 저는 '손절'에 필연적이라고 생각했어요.

종희를 저주하고, 그 죄책감에 조의금을 무리해서 많이 내고, 종희를 따라 무당 혹은 영매를 찾아가는 일영의 이야기에서 일영이 정말 종희를 생각한 순간이 얼마나 있었을까요. 관계는 매우 쉽게 망가지기도 하지만 또 이상하게 지속되기도 하는데, 이 두 인물은 사실 너무 오래 관계를 끌어온 거죠. 아마 종희도 관계가 지속되기 어렵다는 것은 이미 알고 있었을 것 같고, 일영의 '저주'며 '분'은 그 틈에서 잠깐 튀어나온 감정의 잔해라는 것을 이해하게 되지 않을까요?

전〉 종희는 시온이 살아 있을 때 AI가 자신의 목소리나 얼굴을 베껴갈까봐 두려워했다는 걸 의미심장하게 기억하고 있어요. 그리고 일영에게 '진짜 고통'과 진짜가 아닌 고통들이 있다는 식으로 얘기하고요. 무당이라든가 다른 세계와 연결된 이들을 찾을 때도 진짜와 가짜가 있다고 생각하죠. 이 소설에서는 '진짜'와 '가짜'의 대결 구도가 잔잔하게 쌓여 있다는 인상이 있는데, 작가님이 평소에 많이 고민하신 주제일까 궁금했어요.

성〉 의식하고 있지는 않았는데, 작가님의 질문을 읽다

보니 확실히 제가 꽤 오랫동안 생각해왔던 주제라는 생각이 들었어요. 어릴 때 아프면서, 저의 '진짜' 삶이 손상되었다고 생각했거든요. 평범하게 학교를 졸업하고 직장을 가지는 그런 삶을 사실 꿈꾸고 있었거든요. 그런 생각이 꽤 오랫동안 저를 사로잡고 있었고 병으로 몸이 망가진 이후의 삶에 묘하게 현실 감각을 느끼기 어려웠어요. 모순되게, 동시에 고통은 너무 생생했고, 그것만이 제 존재를 증명하는 유일한 '진짜'라고 느꼈죠. 그때는 어리기도 했고, 나만큼 아픈 사람은 세상에 없을 거라고 진심으로 믿었어요. 나보다 병이 심각한 사람이 있을 수는 있어도, 나 같은 고통을 겪는 사람은 없을 거라고 생각했죠. 물론 매우 유아적이고 자기중심적인 생각이었는데, 그 생각이 그나마 '나'라는 사람이 살아 있다고 느끼는 유일한 근거가 되어주었어요. 지금은 그때보다 시간이 많이 흘러 세상에 아픔이나 고통을 비교하는 것만큼 어리석은 일이 없다는 것을 알게 되었지만, 여전히 불쑥불쑥 그런 어리석고 유치한 생각이 들 때가 있어요. 그런 뾰족한 마음이 누군가를 다치게 할 수도 있지 않을까 하는 생각에서 이 이야기를 시작하게 되었고, 거기서 나만 '진짜' 고통을 안다고 말하는 인물이 나온 것 같습니다.

전〉 저는 소설을 쓰다보면 어두운 쪽으로 이야기가 기우는 경향이 있는데, 완성하고 나면 그 이야기가 제게서 떨어져나간 듯한 기분이 들어서 해방감을 느끼거든요. 읽는 사람은 좀 힘들겠다는 생각이 들지만 이건 뭐 어쩔 도리가 없으니 그럴 수밖에 없다고 생각하는 편이에요. 작가님은 어떠신가요?

성〉 저도 애초에 어둡고, 불화가 생기고, 누군가 죽는…… 그런 이야기에만 흥미가 생겨요. 이런 이야기들에 매력을 느끼고 끌리는 사람이 나 말고도 또 있겠지, 생각하면서 글을 쓰는데, 역시 많지는 않은 것 같아요. 그래서 그런지 아주 가끔 제 소설을 좋아해주시는 분들을 만나면 굉장한 친밀감이 들어요. 뭔가 이상한 공동체 감각 같은 게 생기는 느낌이에요.

저는 소설을 쓰는 동안 사실 재미보다 괴로움을 많이 느끼는데요, 유일하게 기분 좋은 순간이 한 편의 이야기를 완성했을 때인 것 같아요. 작가님 말씀대로 정말 '해방감' 같은 것을 느껴요. 다만, 저는 완성한 이야기가 저의 일부였던 느낌보다는 내 어디에서 이런 게 나왔지, 싶어서 낯설게 볼 때가 더 많은 것 같아요. 잘못된 버릇이지만, 저는 그래서 퇴고를 많이 안 하는 편이었어요. 제 소설을 깊이 들여다보고 고쳐나가는 과정이 괴로운 거죠. 그럼에도 요새는 전보다 훨씬 많이 퇴고하려고 하고, 그러면서 제가 쓴 이야기를 다시 알아가려고 해요. 아직은 많이 미숙하지만, 이런 과정을 거친 후에야 제 이야기를 다른 분들에게 읽어달라고 내놓을 수 있는 것 같아서요.

저에게 소설을 쓰고 완성하는 과정은 아주 짧은 '해방'의 순간 전후로 답답하고 불안하고 의문투성이인 시간들로 가득 차 있지만, 그럼에도 계속 쓰려고 노력하는 것은 이렇게 답답한 방식으로밖에 말해질 수 없는 이야기가 세상에, 저에게 존재한다고 믿기 때문인 것 같아요. 이런 믿음을 공유하는 사람이 단 한 명이라도 존재한다면, 계속 쓰겠다,라고 생각하고 있습니다.

이서수의 질문

이서수(이하 이) 〉 나방파리로 시작하는 소설의 도입부부터 강렬함을 느꼈어요. 실제로 제가 과거에 살았던 오래된 집의 욕실에 공포를 느낄 정도로 나방파리가 많이 출몰해서 곤란했던 적이 떠올랐습니다. 그땐 나방파리가 없어지길 바라는 마음에 '멸종이'라는 이름을 지어주고, 매일 전기채와 모기약 등을 동원해서 잡았(죽였)는데, 너무 많은 생명을 없애고 있다는 생각이 들면서 결국 멸종이에게 복수를 당하는 악몽까지 꿨지요. 이름을 지어주면 의도가 어떻든 결국 친밀함이 발생하고 마는 아이러니를 깨달았고, 하나의 종을 거주지에서 완벽히 제거하려는 저의 '악의'에 대해서도 생각해보게 되었어요. 악의는 우리의 삶에 이토록 자주 도사리고 있는 것 같아요. 예전에 어떤 작가님께 '악'의 의미에 대해 여쭤본 적이 있는데, "악은 아무런 의미도 없다"라고 답해주셔서 악의 본질이 불러일으키는 커다란 두려움을 불시에 마주했던 적이 있습니다. 이 소설을 읽으며 제가 살아오면서 품었던 '악의'를 다시 떠올렸는데, 작가님은 '악의'에 대해 어떻게 생각하시는지 묻고 싶습니다.

성〉 사라지길 바라는 마음에서 '멸종이'라고 이름을 지어주었지만, 이름을 붙여주고 나니 사라지길 바라는 마음에 죄책감이 들었다는 작가님의 이야기를 들으니, 작가님의 소설이 섬세하면서 유머러스하고, 신랄하면서 따뜻한 이유를 알 것 같다는 생각이 들었어요. 저는 일상에서 많은 것을 무심히 넘기는 편인데, 사실 욕실에서 나방파리를 죽이면서도 정말 아무 생각이 없었거든요. 이 소설은 시작부터 상당히 어려움을 겪었는데, 여러 도입부를 생각하다가 나방파리를 아무 생각 없이 툭툭, 눌러 죽였던 저의 손짓이 생각났어요. 종희의 말대로 그때 저는 정말 '무심'했거든요. 나는 왜 무심히 나방파리를 눌러 죽일 수 있는 사람일까? 전에 본 한 SF소설에서 인간을 '사육'하는 외계인이 떠올랐어요. 누군가는 인간을 나방파리처럼 툭툭 눌러 죽일 수 있지 않을까? 그런 존재가 혹시 신일까? 그런 의문으로 소설을 시작할 수 있었던 것 같아요.

제가 나방파리를 죽이면서 무심할 수 있었던 이유는 아마도, 그런 행위와 의도가 일영의 생활의 편리를 위해 필요하므로 '악의'까지는 아니라고 믿기 때문일 거예요.

아니면 나방파리가 너무나 작은 벌레라 내가 몇(십) 마리쯤 죽인다고 뭐가 달라지겠나, 싶은 마음도 있을 수 있고요. 그런데, 소설 속 일영의 '저주'는 우리에게 너무나 분명한 '악의'로 느껴져요. 사실, 아무렇지 않게 벌레를 죽이는 무심한 마음과 소설 속 일영이 종희에게 품는 '저주'는 정도만 다를 뿐 비슷한 원리로 작동하는 것일 수도 있겠다는 생각을 했어요. 나에게 불편을 주는 존재, 불쾌감을 주는 존재는 몰아내고 박멸하고 싶은 마음이니까요.

저도 '악'에 큰 의미가 있다고는 생각하지 않는 편이에요. 다만 저의 경우, 생각보다 얕고 평범한 사람이라, 평범하게 악의를 가지고 저지르는 경우가 많다는 것을 의식하려고 하는 편이에요. 의미는 없어도 영향은 있을 테니까요. 사소한 악의까지 막을 수는 없더라도, 그런 영향을 모른 척하지 않을 수는 있지 않을까요?

이〉 종희는 아이의 죽음을 극복할 수 없기에 아이와 계속 같이 사는 것만이 유일한 방법이라고 말하죠. 그런 종희를 보며 마음이 아프면서도 수긍할 수밖에 없었습니다. 죽음이든 사랑이든 인간은 시간이 지나면 결국 잊고 마는 존재라고 생각하지만, 어떤 일은 결코 잊히지 않음을 깨달을 때가 가끔 있어요. 이 소설을 읽으면서도 삶의 일부가 아니라 전체에 구멍을 내는 상실에 대해 떠올렸습니다. 그럴 때 우리는 무얼 할 수 있을까요. 제가 생각하기에 이 소설의 또 다른 축은 '상실'인 것 같아요. 우리의 삶에서 꽤 빈번하게 발생하는 상실에 대한 작가님의 생각을 듣고 싶습니다.

성〉 저는 항상 '상실'을 어떤 식으로든 '극복'하는 서사에 매료되면서도 불만을 품었던 것 같아요. 살아가려면 어떤 식으로든 매듭을 짓거나 봉합을 하고 살아가야 한다는 지극히 상식적이고 당연한 메시지에 어린아이처럼 아닌데, 그게 불가능한 삶도 있을 텐데, 하고 툴툴거리는 거죠. 그건 아마 제가 아직 어린아이처럼 저의 상실에 매몰되어 있기 때문인 것 같아요. 제가 살면서 직접 겪은 가장 큰 상실이자 상처는 여러 번 다른 지면에서도 말씀드렸듯 저의 병이었어요. 정확히 말하면 다리에 생긴 암인데요, 이제는 많은 시간이 흘러서 더는 병원에 정기 검진을 다니지 않게 되었지만 여전히 저는 다리에 장애를 안고 살고 있고, 물리적인 아픔이나 고통을 넘어서 제가 어린 시절에 암에 걸렸다는 사실은 저에게 계속 큰 구멍으로 남아 있어요. 아무리 의미로 채워보려고 해도 매워지지 않는 구멍으로요. 여전히 저는 저에게 왜 이런 일이 일어났는지 이해하지 못하고, 그건 어쩌면 평생 내가 이해할 수 없는 일이라는 것도 인정하지 못하고 있어요. 고통에 의미가 있다고 믿는 낙관론자가 될 수도 없으면서 그 고통이 무의미하다고 단언하는 비관론자도 될 수 없는 처지인 거죠. 그 극단을 왔다 갔다 하면서 계속 그 상실을 끌어안고 살고 있는 셈이에요. 성숙하지 못한 태도라는 것을 알지만, 저에게는 아직 이 구멍이 현실이거든요.

그래서인지 제 이야기 속 인물들도 자기만의 구멍 혹은 상실 안에 갇혀 있는 경우가 많은 것 같아요. 종희도 일영도 사실 각자의 고통에 함몰된 사람들이죠. 치워버릴 수도, 건너뛸 수도 없는 구멍이 도처에 놓인 삶을 살아가는 일이 저에게는 여전히 큰 의문이고, 인물을 통해서 그 구멍을 건너뛰려고 시도해보기도 하고, 에둘러 가보기도 하는 것 같아요. 이번 소설에서는 안타깝게도 더 큰 구멍을 만들면서 끝난 것 같지만요.

이〉 종희가 여러 무당을 찾아다닌 끝에 신묘한 영매인 이발사를 만나죠. 저도 그런 이발사를 만나보고 싶다고 생각하면서도, 종희와 일영을 보면 만나지 않는 편이 나을 거라는 생각도 했는데요, 저뿐만 아니라 동시대를 살아가고 있는 청년들 역시 점술에 부쩍 관심을 가지기 시작했다는 기사를 본 적이 있어요. 불경기로 인한 불확실성에도 원인이 있겠지만, 팬데믹 시기에 우리의 삶이 전혀 예측할 수 없는 방식으로 전복될 수 있다는 걸 경험하면서 미래에 대한 불안감이 높아진 것도 원인이지 않을까 생각했습니다. 뭔가를 상실했거나 상실하고 싶지 않을 때 찾아가는 사람이 점술가라는 생각도 들었고요. 작가님은 평소에 초자연적인 현상이 관심이 있으셨는지, 이발사 영매라는 캐릭터를 어떻게 떠올리셨는지 궁금합니다.

성〉 저는 개인적으로 무서워서 한 번도 점을 보러 간 적은 없어요. 왠지 제가 단명할 운명이거나, 고생할 운명이라는 것을 꿰뚫어보면 어쩌나, 하는 이상한 두려움이 있거든요.

이발사 영매 캐릭터는 뉴스위크의 기사 「Talking to the Dead: The Science of Necromancy」를 참고했음을 밝힙니다. 검색 중에 발견한 기사인데요, 기사 말미에 작은 이발소를 운영하는 영국의 영매분이 기자가 돌아가셨다고 밝히지 않은 어머니에 대해 이야기하는 장면이 인상 깊었어요. 이 이발사 영매는 일인칭으로 (어머니의) 마지막 순간에 '자기' 몸이 '감옥' 같았다고 말하거든요. 그래서 죽음이 차라리 해방 같았다고. 다리에 생긴 암으로 수술을 세 번 받으면서 침대에 아주 오래 누워 있어야 했던 저로서는, 몸이 '감옥'이라는 말을 너무나 알겠더라고요. 그 말을 들은 기자는 너무나 자신의 '어머니'가 할 법한 말이라고 해요. 그 말을 직접 들은 적은 없지만 어머니가 할 법한 말이라고요. 그 부분도 굉장히 흥미로웠어요. 자신이 직접 듣지는 못했지만 어머니가 할 법한 말들, 생각들을 알 수 있다는 것, 그리고 그런 말을 전해줄 존재가 있다는 것이 굉장히 뭉클하더라고요. 하지만 어찌 된 일인지 제 소설에서 영매는 오히려 알지 않는 편이 나을 이야기만 하게 되었네요.

이〉 일영이 품고 있는 최초의 기억은 통증이죠. 어린 시절부터 원인 불명의 두통을 앓았지만 정확한 원인을 알 수 없어 통증에 대한 두려움이 무척 큰 상태고요. 과거에 저 역시 일영처럼 극심한 두통으로 병원에 다닌 적이 있어요. 정확한 원인을 밝혀내지 못한 상태에서 근육이완제를 처방받았는데, 중독성 있는 약이었고 스스로 그걸 느끼기도 해서 약을 먹지 않고 버텼지요. 주로 밤에 찾아오는 두통이라 밤을 꼬박 새울 수밖에 없었고 자연히 이런저런 상념에 시달렸는데, 그때 삶을 대하는 자세가 많이 달라졌어요. 통증이 없다면 그것은 언제나 최상의 삶이 된 것이죠. 작가님이 묘사한 통증의 강도를 보면서 그때 제가 느꼈던 감각을 생생하게 다시 느꼈는데, 통증이 인간에게 어떤 영향을 미치는지 잘 알고 계시는 것 같다는 생각도 들었습니다. 물리적으로 측정되는 통증이든 그렇게 할 수 없는 통증이든지 간에 통증은 삶에 어떤 의미 혹은 지워지지 않는 상흔을 남기는 것 같은데, 작가님은 어떻게 생각하시나요.

성〉 작가님, 지금은 두통이 괜찮아지셨겠죠? '통증이 없다면 그것은 언제나 최상의 삶'이라는 작가님의 말을 읽으면서, 약간 짜릿하기까지 한 기분이 들었어요. 정말 제가 그렇게 느꼈었거든요. 아플 때는, 아프지 않은 삶이 모든 것이 되니까요. 물론, 애석하게도 통증이 사라진 후에 정말 '최상'의 삶이 찾아오는 것은 아니라는 것을 우리는 너무 잘 알고 있어요. 잠깐은 좋죠. 모든 것을 다 할 수 있을 것 같고, 더 이상 바랄 게 없을 것 같고. 저의 경우, 병 혹은 통증이 사라진 후에 가장 먼저 찾아온 것은 불안이었어요. 저는 암 진단을 받은 지 십오 년이 넘었는데, 지금까지도, 제가 암을 '극복'했다는 생각을 해본 적 없어요. 언제 다시 찾아올지 모르니 조심해야겠다는 생각이 지배적이죠. 제가 통증이나 병에 대해 아는 것이 있다면, 그것은 경험하는 순간, 삶의 일부가 된다는 것이에요. 몸이 변하고, 생각이 변해요. 그리고 완전히, 씻은 듯이, 언제 그랬냐는 듯이, 치유되지 않아요. 어떤 식으로든 흔적을 남기죠. 그 흔적들을 모른 척하지 않는 것, 씻은 듯이 나았다고 거짓말하지 않는 것, 제가 소설을 좋아하는 이유이고, 쓰고 싶어 하는 이유인 것 같아요.

이〉 세계관을 공유하고 '얽힘'을 만들어내는 과정에

서 저는 공동 작업의 기쁨을 발견했어요. 정독도서관을 소설에 등장하는 공통 장소로 정하면서 그곳에 각자 방문하는 작가님들을 상상해보기도 했고요. 예전부터 종종 다녔던 곳인데, 우리가 함께 작업한 이 책으로 인해 앞으로 정독도서관을 방문할 때마다 작가님들을 떠올리게 될 것 같습니다.

소설 속에서 종희가 회사 사장에게 어딜 가나 다 똑같다는 말을 듣잖아요. 스스로를 괴롭히고 있는 것뿐이라고, 다른 곳으로 도망칠 생각 하지 말고 그냥 적응하라고. 그 말에 선뜻 반박할 수 없는 저를 보면서 내심 놀라기도 했어요. 일영이 앞으로 영원히 혼자일 것이며, 곁에 누가 오더라도 끝내 모른 척할 것이라고 다짐한 것을 봤을 땐 '악의'를 품은 대가를 지불하는 일에 대해 어림해봤고요. 저는 소설을 쓰면 쓸수록 소설의 결말을 내는 일이 점점 더 어렵게 느껴지는데, 이러한 결말에 도달하기 전까지 방향성이 흔들리지는 않았는지 궁금했어요. 작가님의 다른 작품을 읽을 때도 '서늘함'이라는 감각을 자주 느끼지만 그것이 저를 작가님의 작품으로 끌어당기는 매력으로 작동하거든요. 덧붙여, 작가님의 소설 속 인물이 작가님의 삶과 '얽히는' 순간이 있었는지도 문득 궁금합니다.

성〉 서울에서 태어나지 않은 저에게 서울은 여전히 낯설고 신기하고 때로는 조금 부담스러운 공간이에요. 삼청동과 정독도서관 쪽은 이전에는 거의 가본 적 없던 곳이기도 하고요. 작가님들의 글로 먼저 그 공간을 만나서 그런지, 더욱 특별하게 느껴졌어요. 처음 와보는 곳인데도 왠지 마음이 내 몸보다 먼저 가 있는 느낌이었어요. 덕분에 저에게 낯선 공간을 소설의 배경으로 삼는 일이 수월해졌어요. 저도 이번 공동 작업이 무척 즐거웠어요. 특히 같은 키워드와 배경에서 이토록 다른 이야기가 나왔고, 그 이야기 속에 서로의 인물을 '얽히게' 심어놓는 작업은 지금까지 소설을 쓰면서 발견하지 못했던 새로운 경험이고 즐거움이었어요. (우리 앞으로도 종종 만나요!)

결말은 정말 항상 어려워요. 이번 소설의 결말도 썩 마음에 들지 않아서 고민을 오래 했어요. 저는 '손절'이라는 키워드를 듣고 너무나 확고하게, 두 사람의 관계가 파탄 나는 이야기만 떠오르더라고요. 방향성은 처음부터 확실했는데, 거기에 도달하는 방식, 이야기가 마무리

되는 방식은 고민이 많았어요. 작가님 말씀대로 한순간의 '저주'가 이렇게까지 큰 결과로 돌아와야 할까? 하는 의문을 저도 품었거든요. 그럼에도 불구하고 결말을 수정하지는 않았는데, 이 소설에서 내내 적당하고 알맞게 찾아오는 고통은 없다는 이야기를 하고 있다는 생각 때문이었어요. 그러니까 불행이나 고통이 결코 어떤 행동의 정당한 대가로 오는 법은 없잖아요. 종희에게도 일영에게도요. 어떤 '사소'해 보이는 악의가 그 이상의 결과를 불러올 수도 있는 것이고, 그 결과를 온전히 감당하는 '나'로 소설을 마무리해야 한다는 생각이 들었어요.

마지막 질문에 답하자면, 앞에서 말씀드렸듯, 저는 제 이야기 속 인물들이 대개 낯설어요. 제가 작가로서 부족하기 때문일 텐데, 항상 인물을 잘 안다고 느끼질 못하는 것 같아요. 제 삶과 '얽히는' 순간이 있다면, 보통 질문의 형태로 제게 나타나죠. 일영은 정말 이렇게 생각할까? 종희는 여기서 이런 반응을 하는 게 맞나? 이런 질문을 문득문득 떠올리면서 그 인물들을 조금씩 구체적으로 알아가고 만나게 되는 것 같아요.

이서수 코멘터리

「언 강 위의 우리」에 대하여

전하영의 질문

전하영(이하 전)〉 티격태격 우정을 이어나가는 세 친구의 '티키타카'를 읽어나가는 게 재밌었어요. 특히 저는 소설가인 '나—박예슬'에게 공감이 많이 되더라고요. 서로 경쟁하며 기 싸움을 벌이는 미진과 종선도 어쩐지 예슬에게만큼은 좀 관대하고 너그러워요. 가끔은 이거 막말인가? 싶을 정도로 무시할 때도 있는데, 그게 또 친밀한 관계에서만이 할 수 있는 일종의 믿음이 깔린 사소한 말과 행동이라 귀엽게 여겨지고요. 저의 경우를 말해보자면, 원래도 친구가 없지만 예술과 무관한 일을 하는 친구는 더 없는데, 그 친구들이 저를 대할 때 미진과 종선 같을 때가 종종 있었던 것 같아요. 괜히 나만 돈을 못 내게 한다든가, 무슨 말을 하면 얘 또 '예술병'이 도졌네 하는 식으로 좀 한심하게 본다든가, '왜 거지로 살면서도 예술을 놓지 못하는지' 의아해할 때…… 그럴 때는 내가 좀 별나 보이나 씁쓸해지면서도 동시에 이상한 자부심을 느끼기도 해요. 솔직히 그렇지 않나요?(웃음) 사람들이 관심을 가지지 않는 것들에 자꾸 시선이 가는 예슬도 그러했으리라 생각돼요. 언 강 위에서 문득 세 사람의 관계를 성찰할 수 있는 사람이 예슬인 것도 그래서 납득 가고요. 작가님은 세 명 중에 특별히 애착을 느끼시는 인물이 있으실까요? 아마 예슬일 거라 예상하고 하는 질문이긴 하지만, 미진의 경우 다른 두 사람보다 그 사정이 덜 쓰였기 때문에 이 친구를 변호하고 싶은 마음이 드실지도 모른다는 생각도 들어요.

이서수(이하 이)〉 가장 애착을 느끼는 인물은 박예슬이 맞습니다. 작가라는 직업과 자주 하는 고민, 사람들이 관심을 가지지 않는 것들에 자꾸 시선이 가는 것 등이 비슷하거든요. 그러나 저는 '예술병'을 무척 경계하며 살아왔다는 점에서 예슬과는 다른 면이 있는 것 같아요. 저는 이 소설을 쓸 때까지도 자기검열을 꽤 했었거든요. 그러나 최근에는 그런 마음이 좀 느슨해졌는데, 저라는 사람은 아무리 노력하더라도 '예술병'에 걸리기 힘들다는 걸 깨달았기 때문인 것 같아요. 그것이 다행인지 불행인지는 모르겠지만요.

미진은 애착보다는 이해하고 싶다는 열망이 더 많이 투영된 인물이에요. 저는 성향이 정반대인 사람과 어울릴 때면 도대체 왜 저러는 것일까, 그 이유가 무척 궁금해서 그 사람을 몇 번 더 만나보고 싶은 마음이 들더라고요. 이해할 수 있는 지점을 발견하면 아주 사소한 것이더라도 무척 기뻤고요. 타인에게도 지키고 싶은 신념과 방향성이 있고, 그게 내 것에 반할 수도 있다는 사실을 의외로 잊고 살 때가 많아요. 미진은 그런 경각심을 갖게 하는 인물이지만, 아마도 미진의 입장에선 예슬이나 종선이 그런 사람이겠죠.

전〉 유튜브의 인간심리 관련 콘텐츠를 보다보면 '손절'이라는 단어가 자주 눈에 띄어요. 내용은 사실 별거 없는데 누구를 어떻게 하면 잘 손절할 수 있을지 이번엔 좀 다른 얘기를 들어볼 수 있을까 매번 기대하고 실망하면서 또 클릭해서 비슷한 영상을 보고 있거든요. 소설에서 종선은 미진을 제대로 손절하고 싶어 해요. 그러니까 자신을 손절한 미진을 손절하려고 기를 쓰는 형국인데, 그러려면 일단 미진의 관심을 끌어야만 한다는 아이러니한 상황에 처하죠. 게다가 그 손절하려는 마음이라는 게 실은 미진과의 우정을 갈구하는 것인 양 애태우는 모습으로 그려지기도 해서 좀 우스꽝스럽고요. 그런 종선을 '손절호텔'에까지 데리고 가는 미진도 참 미진이다 싶어서 더 재밌었어요. 손절호텔은 실제로도 꽤 괜찮은 사업 아이템인 듯한데 어떻게 아이디어를 떠올렸고 발전시켰는지 그 과정을 들려주시면 좋겠습니다.

이〉 차를 타고 교외를 지나다보면 외따로 떨어져 있는 쇠락한 호텔이 눈에 들어올 때가 있어요. 더 이상 손님이 오지 않을 것 같은 남루한 건물들이요. 저조차 하룻밤일지라도 머물고 싶지는 않다는 생각이 드는 곳이지만, 어째서인지 그런 장소가 상상력을 자극할 때가 많아요. 이슥한 밤에 누군가 캐리어를 끌고 호텔로 들어서는 순간을 떠올리는 거죠. 그 사람은 왜 그곳에 갔지? 누군가를 만나러 갔을까? 혼자 고요히 있기 위해서? 언젠가 한 번은 써보고 싶은 내용이었어요. 누군가를 잊기 위해 찾아가는 곳으로 그려보는 게 제가 원하는 방향이었고요.

이 소설도 처음에는 셋이 호텔에 가서 손절하고 돌아오는 이야기로 써보려 했는데, 매운탕집이 등장하면서 이야기의 흐름이 많이 바뀐 것 같아요.(저로서는 냉랭한 술자리를 상상하기가 어려워서 그런 듯합니다.) 손절호텔이 괜찮은 사업 아이템이라는 생각은 저도 살짝 했는데, 만일 그런 호텔의 사장이 된다면 되도록 많은 사람들이 이별하길 바랄 것이므로 양심에 찔리는 일이 될 것 같다는 생각도 들었습니다.

전〉 다른 작가님들의 초고를 볼 기회가 많지 않은데, '얽힘' 시리즈를 준비하면서 작가님들의 초고를 볼 수 있어서, 또 거기서 조금씩 변형이 되어가는 이야기를 목격할 수 있어서 즐거웠습니다. 또 제 소설 속 소품이나 인물이 다른 소설에서 새로운 맥락으로 등장하는 걸 목격하는 진기한 경험도 할 수 있었고요. 「언 강 위의 우리」 초고에서는 소제목으로 단락이 구분되었고 꿈 장면으로 처리된 부분이 있었는데, 수정하시면서 꿈이었던 부분이 현실 속으로 녹아 들어간 것 같아요. 이런 선택을 하시는 과정에서 어떤 생각의 변화가 있으셨을지 궁금했습니다.

이〉 처음엔 장소가 달라질 때마다 소제목을 붙여서 이야기를 전개했어요. 거의 모든 장면이 문장이 아닌 이미지로 떠올랐고, 그런 일은 드물어서 한번 따라보자고 생각했습니다. 그때 꿈 장면도 등장했고요. 얽힘 요소를 공유하기 전까진 그런 흐름이 좋았는데, 나중에 다른 작가님들의 소설을 꼼꼼하게 읽어보니 제 소설만 형식이 많이 다르게 느껴졌어요. 다른 소설과의 어우러짐이 부족한 것 같아서 아쉬운 마음도 들었고요. 그래서 고민 끝에 형식을 수정했고, 그 과정을 거치면서 결말에 변화가 생겼습니다. 꿈으로 끝나는 것보다 더 확실한 결말이 필요할 것 같더라고요. 아무래도 소제목을 붙였을 땐 단락마다 독립적인 느낌이 있었는데, 소제목이 사라지면서 연결성의 부족이 드러났기 때문에 조정이 필요했던 것 같아요. 다행히 저는 지금의 결말이 더 마음에 듭니다.

성혜령의 질문

성혜령(이하 성)〉 저는 정말 말 그대로 '손절'을 하는 사람들의 이야기밖에 생각하지 못했는데, 작가님은 '손절이 가능한가?'라는 질문을 소설을 통해 던져주셔서 전하영 작가님의 소설을 읽을 때와 마찬가지로 역시 좋은 소설은 질문을 하는 소설이다,라는 생각을 했어요. 이번 소설에서는 이 질문 외에도, '나는 왜 나쁜 년인 너와 친구일까'에서부터 종국에는 '친하다는 건 어떤 의미지?' 하고 묻습니다. 소설을 읽으면서 저는 실은 그게 무엇이든 괜찮다고 소설에서 답해주는 것 같은 느낌을 받았습니다. 미진이 종선을 손절한 것이든, 종선이 미진을 손절하게 되든, 셋이 친하든, 친하지 않든, 어떤 이유로 서로에게 '친구'가 되었든, 셋이 함께 모여서 차를 타고 손절호텔에 가, 빠가사리매운탕에 술을 마시는 순간이 더없이 사랑스러웠습니다. 결국 이 소설은 '벚나무' 곁에서 '한겨울에 얼어붙었다가 봄에 다시 녹는 강'처럼, 서로의 시간을 목격해주고, 그 시간에 있어주고, 같이 '흘러'주는 친구들, 물처럼 자를 수 없는, 손절 불가능한 관계에 대한 이야기라는 생각이 들었는데요, 작가님께서는 처음에

'손절'이라는 키워드를 생각하셨을 때부터 이런 소설을 쓰게 될 것이라고 예감하셨나요?

이서수(이하 이)〉 과거에 제가 썼던 소설을 떠올려보니 결국 손절하지 못한 이들의 이야기가 될 것 같았어요. 그래서 이번엔 그렇게 쓰지 말아야겠다고 결심했지만, 별다른 소용이 없었습니다. 사실 결말을 두고 고민을 정말 많이 했어요. 초고에선 손절호텔에 가는 걸 꿈인 듯 처리했지만 나중엔 실제 일어난 일로 바꿨고, 호텔에서 손절하고 각자 집으로 돌아오는 장면까지 떠올려봤어요. 그런데 뭔가 탐탁지 않더라고요. 그건 인물들의 진심이 아닌 것 같았고, 속으론 다른 꿍꿍이가 있을 것 같았어요. 속마음을 털어놓지 못해서, 자존심을 내려놓지 못해서, 쟤가 먼저 사과하지 않았으니까…… 그런 후회와 찜찜한 감정이 인물들한테 따라붙더라고요. 더군다나 그들은 성향이 그토록 다르다는 걸 자각하면서도 오랫동안 친구로 지냈잖아요.

서로 막말을 퍼붓고 헤어진 미진과 마주치게 되길 바라는 종선을 보면서 저도 처음엔 좀 혼란스럽더라고요. 얘는 어떻게 이럴 수 있을까. 그런데 소설을 쓰면서 나와 다른 인물을 그려보는 일이 불러일으키는 호기심과 즐거움이 있는 것 같아요. 어쩌면 현실의 '손절 법칙'이 무력해지는 세계를 그려보고 싶었던 것 같기도 하고요.

성〉 소설을 읽으면서 인물들의 대화와 괄호 안에 담긴 속엣말이 재밌었습니다. 우리가 깊은 우정, 혹은 오래된 관계에 가지는 환상이 있다면, 서로 '말하지 않아도 통하는 사이' 가 될 수 있다는 것이지 않을까 싶은데요, 이번 소설에서 인물들이 대화하면서도 다른 생각을 하고, 서로를 절대 이해할 수 없다고 대놓고 말하는 장면이 유쾌하게 그려져서 오히려 얼마나 오래된 사이인지 느껴지는 것 같았습니다. 작가님께서는 어떤 사람과 '친하다'라고 말할 수 있는 기준이 있는지 궁금합니다. 덧붙여, 작가님의 다른 작품에서도 인물들의 대사가 솔직하면서도 의뭉스럽고, 신랄하면서도 유쾌하다는 생각을 했는데요, 인물을 구상하실 때 이 인물은 이런 식으로 말하는 사람이다,라는 것을 신경써서 생각하시는지도 궁금합니다.

이〉 저는 친한 사람이 많지 않은 것 같습니다. 이 질문을 보고 문득 그런 생각이 들었어요. 제가 친하다고 말할 수 있는 기준은 하나인 것 같아요. 나의 성취와 뿌듯함에 대해 기꺼이 말할 수 있는가. 저는 처음 본 사람에게도 제가 경험했던 실패를 상세히 털어놓을 수 있어요. 전혀 부끄러움을 느끼지 않고서요. 반면에 제가 힘들게 성취했던 것이나 뿌듯함을 느꼈던 일은 어느 정도 친분이 있더라도 거의 말하지 않아요. 그런 말은 정말 가까운 사람에게만 하게 돼요. 겸손해서 그런 게 아니라, 그저 상대가 저를 나쁘게 볼까 두려운 마음이 있어서인 것 같아요.

인물을 구상할 땐 외양적인 모습보다 말을 먼저 떠올리는 것 같아요. 말하는 방식과 어조 같은 것요. 그래야 살아 있는 존재처럼 느껴져요. 그런데 꼭 소리 내서 말해야 하는 건 아니고, 인물의 머릿속에 돌아다니는 생각도 인물의 말로 느끼는 것 같아요. 그래서 소설에 인물의 생각을 말처럼 그리게 되고, 그러다보니 솔직하고 신랄해지는 게 아닐까 싶습니다. 의뭉스러움과 유쾌함이 따라붙는 건 말의 양면성을 늘 염두에 두기 때문인 것 같고요.

성〉 저희가 이번에 '손절'을 키워드로, 같은 공간이 등장하는 이야기를 구성하는 작업을 해보았는데요, '손절'

에 관해 전혀 다른 분위기의 소설 세 편이 나온 것 같습니다. 작가님은 이번 작업 전반에 어떤 어려움과 즐거움을 겪으셨을지 궁금합니다.

이〉 어려움은 두 가지였어요. 소설을 못 써서 다른 작가님들께 폐를 끼치면 안 된다. 그리고 다른 작가님들의 작품 속 설정을 내 소설에 억지스럽게 삽입해 원작자의 기분을 상하게 하면 안 된다.(이게 가장 무서웠습니다.)

즐거웠던 건 얽힘의 요소를 구체적으로 공유하는 과정에서 실제로 일어났던 '얽힘'과 이전에는 존재하지 않았던 요소가 제 소설에 등장하며 연쇄적으로 일으킨 변화였어요. 예상했던 것보다 훨씬 강렬한 고양감이었고, 제가 공동 작업을 꽤 좋아하는 사람이라는 사실을 난생처음 깨닫기도 했습니다. 물론 누구와 함께하는 작업인지가 중요하겠지만요.

전하영 코멘터리

「시간여행자—*처음 한 여행과 다르게 여행하는 것*」에 대하여

이서수의 질문

이서수(이하 이)〉 세계관을 연결하는 방식으로 함께 작업하기로 했을 때, 성혜령 작가님이 '손절'이라는 테마를 제안해주셨죠. 저는 손절이라는 단어를 생각할 때면 늘 우정이 먼저 떠올라요. 현실에서 손절은 우정을 쌓지 않은 관계에서도 일어나는 일이지만, 저에겐 깊은 우정 관계를 정리할 때도 발화되는 '손절'이라는 단어가 더욱 뼈아프게 느껴집니다. 「시간여행자—*처음 한 여행과 다르게 여행하는 것*」(이하 「시간여행자」)을 읽고서 손절을 타인과의 관계에만 국한하지 않고 '시간'으로까지 확장할 수 있다는 점을 깨닫고 놀라웠어요. 어찌 보면 '관계'의 확장형 명사가 '시간(시절)'일지도 모른다는 생각마저 들었고요. 요즘 제가 가장 많이 하는 생각이 어느 한 시절을 떠나보내는 일에서 느껴지는 슬픔이라 더욱 그랬던 것 같습니다. 작품 제목에도 '시간'이라는 단어가 들어가는데, 그에 대한 작가님의 생각을 듣고 싶습니다.

전하영(이하 전)〉 저도 비슷한 생각을 자주 합니다. 아니, 항상 하고 있는 것 같아요. 때로는 그것이 슬프게 느껴지다가도, 다행인가 싶어 안도하고요, 갈팡질팡합니다. 예전의 저는 어떤 이상향을 마음에 품고 그것만을 좇는 경향이 있어서 마음이 저 멀리 다른 곳을 향해 있었어요. 모든 것이 영원히 지속되기라도 할 것처럼 조금은 매몰차고 엄격하게 대하는 편이었고요. 이제는 저를 둘러싼 많은 상황이 모두 어느 한 '시절'에 속하고 상대적인 진실로서 내게 비추어지며, 곧 나를 떠나가리라는 사실을 깨닫게 되었어요. 노력으로 회복할 수 없는 관계가 있다는 것도 받아들이게 되어서 한계에 다다른 인연에 대해서는 쉽게 포기하는 편인 듯해요. 하지만 내 의지와 상관없이 상황이 변하면 그 관계가 다시 이어질지 모른다는 가능성에 대해서도 문을 조금 열어둔 상태이죠.

소설을 구상할 무렵 『시간에 무감각한 두 남자』(류나어

우 외 지음, 조성환 옮김, 씨네스트, 2016)라는 소설집을 헌책방에서 샀어요. 그저 제목에 이끌려서요. 이야기는 제가 예상했던 방향과 다르게 전개되었으나, 제목만큼은 잔상이 오래 남았습니다. 현재의 원고에서는 삭제된 「시간여행자」의 첫 문장은 '시간에 무감각한 두 사람'이라는 문구로 시작하죠. 우연히 마주친 수많은 말 중에서 유독 나를 사로잡는 어떤 조합이 끊임없이 발견된다는 사실이 여전히 흥미로워요.

이〉 초고를 공유한 후 함께 모여 서로 생각을 나누고, 다시 각자 퇴고하는 방식으로 작업하는 동안 저는 '얽힘'을 만드는 과정이 결과물보다 더 중요할 수 있겠다는 생각을 했어요. 이번 작업에서 가장 기억에 남는 것이 얽힘이 발생할 수 있는 지점을 함께 찾아가는 순간이었거든요. 그러면서 한 작가의 소설에 등장한 인물이 다른 작가의 소설에 나타났을 때, 그가 존재하지 않았을 때의 세계와 존재하고 나서의 세계가 어떻게 변화하는지에 대해서도 생각해보게 되었어요. 앞서 질문했던 것처럼 저는 작가님의 작품을 통해 감각한 '시간'이 머릿속에서 떠나지 않았고, 제 소설에 나름대로 세계관을 공유하는 방식으로 쓰기도 했습니다. 그러는 동안 단독으로 소설을 쓸 때와는 다른 종류의 고양감을 느꼈어요. '얽힘'의 진정한 의미도 떠올려보게 되었고요. 작가님은 이 소설을 쓰실 때 이야기의 얽힘을 뛰어넘는 또 다른 얽힘을 느끼셨는지, 소설이 아닌 우리의 일상 속에서도 그런 얽힘을 느끼실 때가 있는지 궁금합니다.

전〉 앤솔러지의 경우, 편집자라든가 기획자의 세계관이 여러 작가의 글을 통해 간접적으로 구현되는 방식으로 일이 진행되는 편인데요, 글을 쓰는 사람들의 경우엔 책이 출간되기 전 다른 필자의 글을 읽을 기회가 흔치 않고 그로부터 영향을 받는 일도 거의 없죠. 하지만 저희는 몇 차례 만나면서 공통적인 장소라든가 키워드 등을 공유하고 원고를 쓰기 시작했고, 또 초고를 쓴 이후 각자의 작품으로부터 연결고리를 생각하면서 수정 작업을 해나갔는데, 그런 과정에서 소설을 쓰는 또 다른 재미를 느꼈어요. 미리 약속하지 않았어도 동시대를 살아가기 때문에, 혹은 그저 우연찮게도 공통적인 요소가 서로의 글에서 발견되는 신기한 경험도 하였고요. 그리고 쓰는 행위와 상관없이, 가끔 만나서 어떤 목표를 향해 느슨한 마음으로 함께 수다를 떠는 시간이 저는 참 좋았습니다.

이〉 소설에서 태주는 현무가 죽은 뒤 습관처럼 싸이월드에 접속해 현무의 죽음에 대한 전조를 찾으려 노력하죠. 혹시나 현무가 보낸 신호를 놓쳤던 것은 아닌지 자책하면서요. 현무가 죽은 뒤에도 현무가 만들어놓은 가상의 공간에 머물면서 그를 완전히 떠나보내지 못하는 듯 보였지만 사실 태주는 현무에 대해 아는 것이 많지 않았고, 현무에 대한 추억을 공유할 수 있는 소진과도 결국 서로를 모른 척 지나치고 마는 사이가 되죠. 저는 우리가 살아가면서 누군가와 혹은 어떤 사건이나 신념과 이별하는 방식 역시 그와 비슷하다고 생각했어요. 그런데, 그것이 과연 슬픈 일일까요? 저는 원래 슬픔을 느끼는 사람이었으나 작가님의 소설을 읽고 나선 과거와 미래의 순환 (혹은 합치) 속에서 일어나는 자연스러운 과정인 것 같다는 생각도 들었습니다. 작가님은 어떻게 생각하시는지요.

전〉 우리가 서로의 착각 속에서 상대와 스스로를 바라보고 있다는, 부인할 수 없는 현실이 슬프게 다가오면서도 그게 그럴 수밖에 없지 않냐는 걸 인정하게 된 이후에만 가질 수 있는 어떤 안정감이라는 게 있다고 생각합니다. 소설에서 자세히 쓰지 않았으나 현무의 죽음 이후 서로 모른 척하는 사이가 된 태주와 소진은 시간이 흐름에 따라 다시 연락하며 안부를 묻는 사이가 되어 있어요. 그 중간과정을 좀 설명해야 하나 생각해봤는데, 그냥 넘어가도 될 것 같았어요. 독자들이 마음속에서 각자의 이야기로 채워나갈 수 있으리라는 믿음이 한편으로는 있었던 듯해요. 이야기의 인과관계를 쓰여 있는 글 안에서 엄격하게 통제하려고 했던 방식을 벗어나 보고 싶었습니다.

이〉 태주는 외삼촌에 대한 글을 써보라는 소진의 말에 그는 자신에게 상처를 준 적이 없어 쓸 게 없노라 답하고, 나중에 소설 집필을 위한 준비 작업으로 자신에게 상처를 준 사람에 대한 리스트부터 작성합니다. 저는 이 지점에서 크게 웃었는데요, 저 역시 소설을 쓰는 동력이랄까 동기가 긍정적인 감정에서 비롯되기보다는 부정적인 감정을 느꼈던 순간일 때가 많아서 태주에게 크게 공감했어요. 그러면서 작가님이 소설을 쓰는 동력 혹은 동기가 궁금했습니다. 태주가 영화를 보면서 느낀 감정이 미래의 내가 과거의 나에게 소설을 쓰라는 신호를 보낸 것일지도 모른다고 생각했던 것과 "유행을 타지 않으며 누구도 얕잡아 볼 수 없는, 진짜 삶과 겨룰 수 있는 아주 견고한 이야기를" 쓰고자 하는 걸 통해 짐작 가능했던 것들이 작가님에게도 유의미한 것인지요.

전〉 자신에게 상처를 준 사람들로 인해 이 소설을 쓸 수 있었다,라는 작가의 말을 우연히 넘겨보던 책 두 편에서 공통으로 발견했어요. 어떤 책이었는지 제목은 잊었는데, 당시엔 그 말이 제게도 좀 의미심장하게 다가왔던 것 같습니다. 세상을 살면서 느끼는 갖가지 울분들이 그것에 대해 쓰지 않으면 견딜 수 없게끔 자신을 몰아가는 때가 분명 있는 듯해요. 저는 올해 초 첫 소설집을 냈는데, 거기 실린 소설 중 일부는 분명 그런 과정 안에서 바깥으로 분출된 감정을 일부 포함합니다. 하지만 그게 전부는 아니고, 어떤 바라는 상태를 구현해보고 싶은 마음, 의지대로 되지 않는 세계를 내 힘으로 나만의 시각으로 바라본 인과관계 안에서 이야기를 만들어가는 재미를 느끼고 싶어서 소설을 쓰고 싶었던 건 아닐까 생각하고 있어요. 언젠가 소설을 쓰지 않아도 괜찮다고 느끼는 때가 올 수도 있을 것 같고요. 그런데 삶이 마련해주는 새롭게 갱신되는 곤란함과 슬픔 때문에 결국은 다시 소설, 혹은 글쓰기로 돌아오게 되리라는 예감 역시 피할 수 없습니다.

영화학교를 다닐 때 들었던 허우샤오시엔 감독의 말이 오래 머릿속에 맴돌았어요. '생각하는 것은 물 위에 글을 쓰는 것이고 영화를 찍는다는 것은 돌 위에 새기는 것이다'라는 말이요. 이 인용은 기억 속에 희미하게 남아 있는 단서를 바탕으로 찾은 것이라 정확하지 않을지도 모르겠습니다.('생각은 물 위에 쓰는 글이다. 돌 위에 새기는 글이어야 영혼이 생긴다'—이런 버전도 찾아볼 수 있습니다. 이쪽이 더 정확할지도……) 아무튼 예전에 영화 학도로서 처음 그 말을 접했을 때 굉장히 근사한 뜻을 지녔다고 생각했고 나도 저런 식으로 영화를 만드는 굳건한 사람이 되고 싶다 바랐던 시절이 있었지요. 영화든, 소설이든, 무언가를 창작하는 사람이라면 누구든 오랜 시간을 버티는 이야기를 쓰고자 하는 마음이 얼마간 있을 거예요. 자기가 만든 작품에 대해 '돌 위에 새긴다'라는 개념을 제시하는 창작자의 기개와 자신감이 대단하구나 싶으면서도 그런 말을 할 때 심리적 부담감 같은 것은 느끼지 않는 걸까 궁금해지기도 합니다. 돌에 새긴다기보다는 벽에 벽화를 그린다고 생각하면 좀 더 자유롭게 창작을 할 수 있을 듯합니다.

이〉 한때 도장깨기 하듯 필름으로 상영하는 유명 감독들의 영화를 챙겨 봤던 태주처럼 저 역시 과거엔 예술영화를 상영하는 극장으로 향하며 자부심을 느꼈고, '태름아버지'라는 분이 번역한 예술영화를 외장 하드에 저장해놓고 봤어요.(지금도 그걸 간직하고 있지만 먼지가 뽀얗게 앉은 상태랍니다.) 예술가가 되려면 제대로 미쳐야 한다는 말을 어디선가 주워듣고 조바심을 냈던 적도 있었고요.(과연 나는 언제쯤 제대로 미치게 될까, 다리를 떨며 기다렸던 것도 같아요.) 홍상수 감독의 영화는 지금도 빠짐없이 챙겨보려고 하지만, 거의 유일하게 남은 과거의 제 모습이라는 생각이 들 때가 있어 씁쓸해지기도 합니다. 작가님의 소설을 읽으면서 결국 그 시절을 지나왔기에 소설을 쓰려는 현재의 나와 태주가 있는 거라는 생각이 들었어요. "사랑해야지"라고 중얼거리는 태주의 마음과 제가 현재 머물러 있는 지점이 일치했고요. "사랑해야지"라는 말은 태주가 작가님에게 한 말일지, 작가님이 태주에게 한 말일지 괜히 한번 상상도 해봤습니다. 작가님은 지나온 시절에 대해 어떻게 느끼시는지 (혹은 아직 지나가지 않았다고 느끼시는지) 현재는 어떤 지점에 머물러 있으신지 궁금합니다.

전〉 저는 지나간 시절이 정말 지나가버렸다는 것이 믿기지 않을 때가 많아요. 그런데 동시에 굉장한 거리감을 느끼기도 하거든요. 어릴 적, 심지어 아홉 살 때 느꼈던 감정이 생생히 내 안에 남아 있기도 하고, 이십 대의 제가 쓴 글을 어쩌다 읽어보면 이게 나라고? 하고 당혹스러운 마음이 들기도 하고요. 요즘엔 가만히 앉아 있다가도 내가 사십 대가 되었다니, 하고 혼자 놀라기도 합니다. 아마 몇십 년 후에는 사십 대도 젊은 시절로 회고하겠죠? 최근에는 칠십 대인 아버지와 함께 자주 대화했는데, 아버지는 연세가 드시면서 특정 주파수 영역대의 소리를 듣지 못하시고, 제 목소리도 거의 알아듣지 못하셔요. 그래서 청각장애인을 위한 애플리케이션을 통해 필담을 나누는데, 그런 제한적인 대화 안에서도 칠십 대의 아버지에게 아버지의 모든 시절—유년과 청년 시기, 중년, 현재의 자신—이 동시에 공존하고 있다는 인상을 받아요. 아마 제가 칠십 대가 돼도 아버지와 마찬가지겠죠. 한 사람 안에 여러 시대가 공존하고 있다는 것을 새삼 놀라워하며, 믿기지 않아 하며, 또 그렇게 어쩔 도리 없이 살아갈 거예요. '시간여행자'라는 제목은 장르적인 기대감과 오해를 불러일으킬 수 있겠지만 제가 삶을 바라볼 때 느끼는 솔직한 심정을 함축하고 있다고 생각해요. 그것이 슬프면서도 재미있고, 놀랍고 경이롭습니다.

성혜령의 질문

성혜령(이하 성) 〉 보통 소설을 읽을 때, 저는 어떤 사건의 전후나 시간이 이 이야기에서 어떻게 흐르고 있는지 가늠해가며 읽곤 하는데요, 이번 이야기를 읽으면서는, 그런 계산을 어느새 하지 않게 되더라고요. 어느 사건이 언제 일어났는지가 그렇게 중요하게 느껴지지 않아서 신기했습니다. 시간이 특히나 중요하게 다뤄지고 있어서 그런지, 내용과 형식이 일치되는 듯한 경험이었어요. 소설을 구상하실 때 소설 속에서 힌트를 주셨듯이 흩뿌려져 있는 여러 에피소드를 '탐정처럼' 탐색하시고 연결하시는 편이신가요? 저는 꽤나 강박적으로 사건과 시간을 생각하는 편이라 작가님의 구상 과정이 궁금합니다.

전하영(이하 전) 〉 나름대로 전후 관계 안에서 이야기가 구성되도록 고민했고 사건의 순서보다는 감정적인 흐름에 더 치중하면서 작업을 했어요. 일부러 퍼즐을 맞추지 않아도 대략적인 분위기와 정서가 전달되었으면 합니다. 그나저나 이번 소설은 무척 쓰기가 힘들었어요. 원래 저희가 원고를 완성해서 보내야 하는 마감이 2024년 2월 말이었는데, 제 첫 소설집이 2월 초에 출간되는 바람에 마감일이 코앞인데도 소설을 한 줄도 쓰지 못했거든요. 출간을 준비하는 과정 중에는 새로운 소설을 시작한다는 게 저에게는 불가능한 일이더라고요. 초보 작가의 판단 미스였달까요. 양해를 구하고 한 달 정도 마감을 연장한 뒤 다급한 마음으로 소설 쓰기에 돌입했어요. 그런 사정으로 보통 제가 하던 방식이 아니라 좀 편법을 쓴다는 느낌으로 예전에 끄적였던 글을 몇 토막 가져와 거리가 있어 보이는 단편적인 에피소드들을 병렬하는 방식으로 진행을 했어요. 생의 중단, 자살이라는 사건을 간접적으로나마 다루려다보니 내가 이 이야기 안으로 어디까지, 얼마만큼 들어갈 수 있을까 부담감도 컸고요. 주어진 시간 안에 단편소설 분량을 채울 수 있을지 많이 걱정됐었는데, 어쩌다보니 결과적으로는 길어져서 목표치의 두 배나 되는 분량을 썼고, 이렇게도 소설을 쓸 수 있다는 깨달음과 함께 뭔가를 많이 내려놓을 수 있었던 작업이었습니다.

성〉 이번 '얽힘' 시리즈를 함께하면서, 저에게는 아직 낯선 곳이었던 현대미술관과 삼청동을 가보게 되었습니다. 서울의 중심부, 옛 가옥들과 궁궐이 남아 있지만, 세련된 카페와 관광객이 많은 곳이어서 매력적이었어요. 개인적으로 제 소설에는 이 공간의 매력을 잘 담지 못해서 아쉽지만, 작가님의 이야기에는 확실히 이러한 공간들이 훨씬 생생하게 느껴져 참 좋았습니다. 작가님의 등단작에서 '시장'도 참 인상적이었는데요, 작가님께서는 보통 어떤 공간에 영향을 많이 받으시는 편이신가요? 작가님에게 앞으로 소설에 들여오고 싶은 다른 공간들이 있을지도 궁금합니다.

전〉 소설을 쓸 때 저는 공간의 영향을 많이 받아요. 꽤 오래 영화를 공부했는데 영화를 만들 때는 허구적인 이야기라 하더라도 어디에선가는 반드시 촬영을 해야 하므로 이야기가 어떤 장소에서 벌어질지 먼저 가늠해보곤 하거든요. 영화가 아닌 소설을 쓸 때도 그런 접근 방식이 오래된 습관처럼 남아 있는 듯해요. 「시간여행자」를 마무리 지을 때 즈음, 그러니까 여름이 시작될 무렵, 문득 새롭게 쓰고 싶은 소재가 마음에 들어왔는데, 스웨덴의 작은 도시가 배경이에요. 그곳에 한 번도 가본 적이 없어서 좀 막막한 기분이 들긴 하지만 일단은 짧은 단편소설을 한번 시도해보고, 그 이야기에서 내가 더 머물고 싶다고 판단되면 이후에 준비과정을 거쳐 리서치 트립을 가보고 싶습니다.

성〉 저희가 '손절'을 키워드로 두고 쓰긴 했지만, 작가님의 소설을 보니 우리가 손절할 수 있는 것은 아무것도 없는 것 같다는 생각이 들었습니다. 과거의 유령조차도, 유령으로나마 현재에 떠돌고 있고, 시간은 뒤엉켜 있으니까요. 작가님께서도 사실, 손절이란 불가능하다고 생각하시는지 궁금합니다.

전〉 저는 인간관계가 넓지 않아서 절대적으로 아는 사람의 수도 적고, '손절'이라는 말을 잘 모르고 살아왔는데, 나이가 들면서 어쩔 수 없이 각자의 삶의 반경이 달라지면서 어긋나게 되는 사람들이 생기더라고요. 결국 손절의 방향으로 치달을 수밖에 없는, 서로 타협할 수 없는 지점에서 충돌하는 관계도 드물지만 경험하게 되었고요. 관계라는 것도 유기체처럼 피고 지고 시들고 하는 것이구나 깨달아가는 중입니다. 그러나 관계가 끝났다고 해서 그 관계의 영향에서 완전히 벗어날 수 있는 건 아니더라고요. 특히 소설이라는 걸 쓰는 사람들은 지난 삶의 유령들을 필요 이상으로 소환하게 되는 상황을 자초하기도 하는 것 같습니다.

성〉 이번 작업을 하면서 저는 처음으로 소설을 '같이' 쓰는 경험을 해본 것 같습니다. 공간과 키워드를 염두에 두고 소설을 구상하는 일이 재밌기도 했고, 어려운 점도 있었는데요, 작가님께서는 이번 공동 작업이 어떠셨는지 궁금합니다.

전〉 가장 어려웠던 점은 역시나 마감을 지키는 일이었습니다. 부끄러운 초고를 송고할 때는 어딘가로 숨고 싶고요. 이후에 조금씩 소설을 고쳐가면서 익숙함이 부끄러움을 이기고 이렇게 코멘터리도 작성하고 있네요. 창작하는 사람들은 자신의 영역에 대해 예민하게 반응하는 경향이 있는데 두 분 작가님 모두 너그러운 마음으로 소설 속 세계를 열어주셔서 편안한 마음으로 '얽힘'을 고민할 수 있어서 좋았습니다. 따듯하게 이 모든 과정을 이끌어주신 박혜진 대표님과 김선영 편집자님께도 감사의 마음을 전하고 싶습니다.

기획의 말

'너와 나는 실재한다.' — 실재성realism

'너와 나는 멀어지면 독립적이다.' — 국소성localism

이 두 명제를 우리는 너무나 쉽게 당연한 사실로 받아들인다.

하지만 상상해보자.

이 두 명제를 만족하지 않는 어떤 현상이 우리 주변에서 벌어지고 있다고.

우리가 감각하는 것만이 전부가 아니며 그것을 초월하는 무언가가 있다고.

너와 나는 온 우주에 펼쳐진 시간과 공간을 거슬러 연결되어 있으며, 우리는 사실 그런 의미로만 존재하고 있을는지도 모른다고.

그런 초월적인 상관관계를 '얽힘entanglement'이라고 한다. 그리고 '얽힘'은 상상 속이 아니라 세상에 분명히 존재하고 있다. 이는 양자역학의 가장 중요한 성질이며 우주의 질서를 이루는 근간이다. 실재성과 국소성이 양자역학의 이론에 위배된다는 사실이 처음 예측되었을 때 아인슈타인이 받았던 큰 충격만큼, '얽힘'은 과학사에서도 유명한 논쟁거리이자 가장 위대한 발견이었다. 첫 발견 후 백 년 가까운 시간이 지난 지금, '얽힘'은 실험적으로 그 존재가 증명되었다. 또 이제는 양자컴퓨팅과 양자통신 등의 기술에 활용하는 자원이 되었고, 2022년는 '얽힘' 증명에 대한 공로로 세 명의 물리학자에게 노벨물리학상이 수여되기도 했다.

물론 이런 과학적 사실을 알게 되었다고 눈앞의 세상이 달라지지는 않는다. 매일 계속되는 각자의 팍팍한 삶도 그대로이다. 하지만 한 가지 확실한 건, 지금 이

책을 읽고 있는 당신은 이미 '얽힘'에 얽혀 있다는 것.

그래서 당신은 아마 안도할지도 모른다는 것.

외딴섬이라고 생각했던 모두가 실은 우주 안에서 하나로 얽혀 있다는 사실에, 그리하여 어쩌면 나와 초월적으로 얽혀 있는 누군가가 어딘가에 반드시 존재한다는 상상으로.

이를테면 내가 하품을 할 때마다 그 사람도 동시에 하품을 하고 있다든지 말이다.

그걸 당신이 알아차릴 일은 영원히 없겠지만.

양자물리학자 X

봄이 오면 녹는

초판 1쇄 발행 2025년 1월 20일

지은이 성혜령 이서수 전하영
편집 김선영
디자인 김하늘
조판 한향림
마케팅 김린

펴낸곳 다람
펴낸이 박혜진
등록 2012년 6월 29일 제2012-000034호
주소 서울시 광진구 아차산로 378, 3층
전화 02-447-0879
팩스 02-6280-3748
이메일 darambooks@gmail.com
홈페이지 www.darambooks.com
인스타그램 @darambooks

ISBN 979-11-93646-05-2 03810